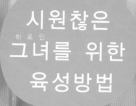

시원찮은
히로인 그녀를 위한
육성방법

Saenai
heroine no
sodate-kata. 4

Presented by Fumiaki Maruto
Illustration : Kurehito Misaki

마루토 후미아키
= 지음

미사키 쿠레히토
= 일러스트

Bass
미즈하라
에치카
Echika Mizuhara

"어……."

"……음, 메……."

"자, 빨리 건너자."

"사람들로 북적이는 곳을 나왔더니 갑자기 기운이 팔팔해졌네."

"화 안 났어! 서두르는 것뿐이야! 좀 있으면 신호가 바뀐단 말이야!"

"어라~? 왜 갑자기 화를 내는 거야? 나, 아무 잘못도 하지 않았잖아?"

"됐어! 이제 갈래!"

"그럼, 그러니까……"

"아, 그게 말이야……"

"……하, 하지만, 방금……"

"거 봐! 네가 멍하니 서있는 사이에 신호가 바뀌어버렸잖아……"

"……딱히 말실수 한 건 아니야……"

육성방법

히로인
그녀를 위한

시원찮은

4

마루토 후미아키 지음

미사키 쿠레히토 일러스트

이승원 옮김

목차

blessing software 멤버 명단

⏷ 기획, 프로듀서, 감독

아키
토모야

Tomoya Aki

⏷ 메인 히로인

카토
메구미

Megumi Kato

⏷ 원화, 그래픽 담당

사와무라
스펜서
에리리

Eriri Spencer Sawamura

⏷ 시나리오

카스미가오카
우타하

Utaha Kasumigaoka

Saenai heroine no sodate-kata.4

프롤로그

방과 후 시청각실을 비추는 석양에서 조금씩 적막감이 느껴지는 9월 하순……

"잠깐만, 그럼 그림과 시나리오 외에는 아예 손도 안 댄 거잖아!"

……하지만 그런 어둑어둑함과 어울리는 정적을 산산조각 낸 익숙한 목소리가 주위에 울려 퍼졌다.

"잠깐만 토모야. 슬슬 본격적으로 작업을 진행하지 않으면 겨울 코믹마켓에 출품할 수 없거든? 그건 알고 있는 거야?!"

"그, 그야 뭐……"

요즘 들어 항상 이런 식으로 시작했으니 누구의 목소리인지 상상이 되지? 목소리와 머리 색깔이 반짝거리는 바로 그 사람 말이야.

"어째서 캐릭터 디자인과 원화(原畵)와 배경과 채색을 병

행해서 작업하고 있는 내가 더 진도가 나간 건데? 이상하잖아!"

"정말 이상하네……. 사와무라 양의 요즘 노티베이션이 말이야."

"뭐……?!"

금발 소녀의 분노에 물과 기름을 동시에 끼얹듯, 빈정거림과 상냥함이 절묘한 악센트를 자아내며 따뜻함과 차가움이 공존하는 목소리가 들려왔다.

"여름 코믹마켓이 끝난 후부터 작업 진행 속도와 퀄리티가 눈에 띄게 좋아졌잖아. 게다가 항상 활기가 넘쳐. 대체 얼마나 기쁜 일이 있었기에……."

"그, 그, 그게, 여름 방학 전부터 의욕이 흘러넘쳐서 초스피드로 시나리오를 써대고 있는 여자가 할 말이야?!"

요즘 들어 계속 이런 일이 몇 번이나 일어났으니까 저 딴죽을 날린 사람이 누구인지 알겠지? 성격과 머리카락 색깔이 시꺼먼 바로 그 사람 말이야.

"나는 이래 봬도 상업을 경험해본 프로야. 한번 받아들인 의뢰에 전력을 다해 임하는 건 언제 어느 때나 마찬가지란 말이야……."

"네 편집자에게 들었거든? 카스미 우타코의 새 시리즈, 완성이 늦어지고 있다면서?"

"…………윤리 군이 사와무라 양을 후시카와 서점에 소개

했지? 해서는 안 되는 짓을 했지?"

"어쩔 수 없잖아요. 마치다 씨가 소개해달라고 했단 말이에요!"

시청각실 창가 쪽과 복도 쪽, 양쪽 구석에 진을 친 채 매일같이 싸우는 두 미소녀.

한쪽은 라이트노벨 편집부도 전력감으로 인정하는 일러스트레이터이자, 카시와기 에리라는 핸들 네임을 쓰는 토요가사키 학원 2학년, 사와무라 스펜서 에리리.

다른 한쪽은 라이트노벨 편집부에서 이름을 밝혀가며 원고 작업이 늦어지는 것을 한탄할 정도의 주력 작가이자, 카스미 우타코라는 펜네임을 쓰는 토요가사키 학원 3학년, 카스미가오카 우타하.

그리고 이 두 사람 사이에 끼어 있는 나……

오타쿠 업계의 유명인인 이 두 사람이 소속된 동인 게임 제작 서클 『blessing software』 대표인 토요가사키 학원 2학년, 아키 토모야.

우리 세 사람+α는 올해 봄에 이 서클을 설립했다. 그리고 고교 생활의 집대성이니 청춘의 추억 만들기니 젊어서 고생은 과금해서라도 한다느니 하는 것과는 좀 다른 목적으로 동인 미소녀 게임 제작을 시작했다.

그리고 가을이 되어가는 현재, 시나리오 작업은 종반에

접어들고 그래픽 관련 작업도 윤곽이 잡혀가는 단계에 들어가면서 제작 진행상의 문제가 드러나기 시작한 것이다.

"뭐, 사와무라 양의 어린애 같은 도발은 일단 제쳐두기로 하고, 확실히 앞으로 어떻게 할 것인지는 생각해봐야 할 것 같네."

"완전히 말싸움에서 밀려놓고 그걸 인정하지 않는 카스미가오카 우타하의 한심함은 제쳐두기로 하고, 스크립트나 BGM 같은 건 어떻게 할 거야?"

"반년 넘게 같이 활동해왔으니 조금은 사이좋게 지냈으면 좋겠다는 소망은 항상 가지고 있지만, 아무튼 지금은 최우선적으로 그 건들에 대해 생각해봐야겠네. ……스크립트 쪽은 특히 서둘러야겠지."

자, 그럼 이 두 사람이 지금까지 그려온 투쟁의 역사……가 아니라, 우리가 게임을 만들어온 과정을 간단하게 설명하겠다.

『blessing software』가 만들려는 게임은 그림 연극 타입의 미소녀 게임…… 미소녀가 나와서 주인공과 사이좋게 지내거나, 플레이어에게 보이지 않는 곳에서 두 명이 그렇고 그런 짓을 하고, 사이가 나빠져서 플레이어의 애간장을 다 태우다 결국 화해하지만, 히로인을 노리는 남자 라이벌이 등장하는 쪽은 요즘 풍조에는 지탄의 대상이 될 수 있기 때문에 그쪽 방면은 자제해야겠지……. 으음, 딱히 이런 게 내가 하고 싶은 이야기의 본질은 아니다.

즉, 귀여운 여자애가 화면에 나오고, 재미있는 대사나 이야기가 텍스트와 음성으로 표시되며, 정서가 풍부한 음악이 분위기를 고조시키고, 그런 것들 하나하나를 마우스나 컨트롤러의 버튼으로 제어할 수 있는, 간단하게 말해 어드벤처 게임이라고 불리는 장르의 게임이다.

거대한 몬스터가 날뛰는 초대작 RPG나 눈에 보이지 않는 속도로 캐릭터들을 조작하는 격투 게임, 플레이어가 의욕을 불태우게 만드는 퍼즐 게임과는 달리, 그림과 텍스트용 소재만 있으면 그것들을 잘 버무려 실행시키기 위한 간단한 프로그램을 짜는 것만으로도 만들 수 있다.

게다가 요즘은 프로그램을 하나하나 다 짤 필요도 없다. 시중에 나와 있는 게임 엔진을 구동시킬 간단한 명령문, 즉, "스크립트"만 쓰면 이런 타입의 게임은 만들 수 있다.

하지만 아무리 간단하다고 해도 컴퓨터 프로그램이기 때문에 어느 정도 전문 지식이 필요하다는 것은 말할 필요도 없을 것이다…….

"그런데 토모야. 너, 스크립트 짤 줄 알아?"

"소비형 오타쿠한테 그런 걸 묻는 거야? 묻는 겁니까요?!"

그리고 나는 아키 토모야.

프로나 스페셜리스트나 전문가 같은 호칭을 동경하는 고등학교 2학년.

이 『동경』이라는 말이 중요하다고. ……어디까지나 동경하기만 할 뿐, 될 생각이 없다는 의미니까 말이다.

"남자애들은 보통 한번쯤은 RPG만○기에 빠지지 않아?"

"물론 빠졌었어! 몬스터 한 마리 만들고 포기했지만 말이야!"

그렇다. 남자라면 『○프스 ○티』나 『유○닛키』 같은 것에 자극을 받아서 한번쯤은 그 유명 게임 제작 소프트에 손을 대는 것이 예정된 수순이다.

그리고 '간단하게 게임을 만들 수 있을 것이다.'라고 믿은 대부분의 남자애들은 귀찮은 텍스트 입력 작업과 어려운 전투 밸런스 조정, 용량과의 격렬한 사투, 그리고 테스트 플레이 때 자신의 재능 부족을 통감하고 마음이 꺾이고 만다. 그리고 가지고 있던 F○나 D○를 플레이해보고 "아~. 역시 잘 만들었네~." 라고 중얼거리면서 생각을 멈춰버리는 것까지도 예정된 수순인 것이다.

하지만, 얼마 전까지는 그걸로 됐다고 생각했다.

왜냐하면 나는 천재나 명인, 변태(칭찬)가 완성한 작품을 꿀꿀거리면서 맛보기만 하는 소비형 돼지.

재능 넘치는 두뇌 대신 건강한 육체를 지녔고, 넘치는 창조성 대신 끓어오르는 감수성을 길러온 평범한 소년이다.

그렇다. 그걸로 충분했다……. 자신이 직접 게임을 만들고 싶다는 충동에 사로잡히기 전까지는 말이다.

"그럼 스크립트를 짤 줄 아는 사람을 영입하는 수밖에 없겠네. 윤리 군, 괜찮은 사람 없어?"

"나한테 그런 인맥이 있을 리가 없잖아요……."

그리고 그런 소비형 오타쿠인 나에게 있어 극소수에 불과한 지인(내가 멋대로 지인이라 생각하는 사람 포함) 중 자산형인 분들도 이제 고갈 상태다.

……뭐, 벽서클 일러스트레이터와 누계 50만 부를 찍은 라이트노벨 작가를 데려 온 것만으로도 내가 할 수 있는 일 약 30년어치를 다 한 것 같은 느낌이 들었다.

"저기, 아키 군."

"미리 말해두겠는데, 나는 인터넷에서 공개 모집하는 건 무조건 반대야. 어떤 『자기가 담당한 부분의 진도는 전혀 안 뺐으면서 만나서 의논 좀 하자는 소리를 하도 해대기에 혹시나 해서 다른 멤버들에게 물어봤더니 역시 나한테만 계속 그딴 소리 해댄 끈질긴 스토커』가 올지 모르잖아."

"모르는 것치고는 꽤나 구체적이네."

아마 저런 일 때문에 완전 복면 동인 작가 카시와기 에리가 탄생하게 된 것이리라…….

"으음, 내가 생각 좀 해봤는데 말이야."

"확실히 편집적일 정도로 평판을 신경 쓰는 초절정 은폐형 여자 오타쿠에게 있어서는 생판 남을 영입하는 건 위험할 거야. 하지만 나도 스크립트를 짤 줄 아는 지인은 없어."

"큭…… 뭐, 뭐어, 친구가 한 명도 없기 때문에 평판을 신경 쓸 필요가 없는 하이퍼 어두침침 여자의 인맥에는 아무도 기대 안했으니까 안심해도 돼."

"두 사람 다 멤버 모집 걱정이랑 증오심을 불태우는 것 중 하나만 하라고!"

왜 이 두 사람은 하나의 화제로 나에게 두 종류의 위 통증을 느끼게 해주려는 걸까.

"그 스크립트라는 건 내가 해볼게."

"아무튼 사면초가 상태네……. 윤리 군, 어떻게 할 거야?"

"결국 토모야, 네가 어떻게 하는 수밖에 없어."

"하지만 아는 사람 중에 스크립트를 짤 줄 아는 사람도 없고, 공개 모집도 할 수 없다면 대체 어떻게…… 자, 잠깐만! 방금 카토가 무슨 말을 했어!"

마치 밤새도록 토론한 것처럼 지친 우리의 뇌에, 하늘의 계시 같은 목소리가 전해졌다.

"……으음. 나, 방금이 아니라 꽤 전부터 계속 말을 하고 있었는데 말이야."

"아, 그랬어? 미안 미안."

아무래도 좀 전부터 계속 들리기는 했지만 의식하지 않았던 탓에 뇌가 인식하지 못한 것 같았다.

요즘 들어, 아니, 처음 만났을 때부터 계속 이랬으니까 누구인지 알겠지? 태도와 존재감이 전부 멍한 바로 그 사람 말이야.

"그러니까 내가 그걸 맡을게."

"그거라면, 너, 설마……."

"응. 스크립트라는 거 말이야."

좀 전부터 내 뒤편에서 대충 시간을 때우고 있던 배경틱한 클래스메이트, 카토 메구미라는 본명을 지닌 토요가사키 2학년, 카토 메구미.

……이제 그만 핸들 네임 정도는 지어주는 편이 좋을지도 모르겠다.

"저기, 카토. 너, 스크립트가 뭔지 알아?"

"으음, 잘 모르지만 컴퓨터로 하는 일 아냐?"

"네가 무슨 컴퓨터 관련은 전혀 이해 못하는 베이비붐 세대 할머니냐……."

여름 방학 전에 쇼트 보브 컷에서 쇼트 포니테일로 적당히 바꾼 헤어스타일은 현재 쇼트 포니테일과 평범한 포니테일의 중간 정도로 진화했다. 즉, 완벽하게 주위에 매몰되고 만 것이다.

뭐, 금발 트윈 테일과 흑발 롱헤어 같은 눈에 마구 띄는 헤어스타일을 하고 있는 주위 사람들이 나쁘다는 의견은 일단 참고로 삼아두겠다.

"저기 말이야. 나는 그림이나 글에는 소질이 없고, 음악도 만들어본 적이 없어."

"그게 왜?"

"하지만 컴퓨터 사용법은 학교 수업 때 배웠잖아. 그러니까 내가 할 수 있는 일은 그것밖에 없을 것 같아."

"뭐……."

일단 그런 겉모습 면에서 특징이 없다는 이야기는 제쳐두고……

"그럼 남은 건 음악인데…… 저기, 문화제 때 밴드 하는 애들에게 부탁해보는 건 어때?"

그다지 극적인 것 같지는 않지만, 이것은 역사적인 순간이다.

오타쿠 관련 문화에 관해서는 아는 것이 없고 흥미도 없는 데다, 항상 나에게 끌려 다니기만 하던 카토가 처음으로 게임 제작에 자주적으로 참여하려 한 기념비적인 날인 것이다.

"카토……."

"응? 왜?"

그래서 나는 기쁨의 함성을 지르고 싶은 충동을 억누르면서 조용히 목소리를 쥐어짜ー.

"너는! 게임 제작을! 얕보고 있어어어엇!!!"

"뭐~?"

—지는 않았다. 그저 세상을 물로 보는 듯한 그녀의 태도 때문에 분노가 치밀어 올랐다.

"그림에 소질이 없으니까, 글에 소질이 없으니까, 노래를 만들어본 적이 없으니까…… 그런 이유로 게임의 뼈대라고도 할 수 있는 스크립트를 담당하겠다는 거야? 그건 아니잖아…… 그건 아니잖아! 안 그래?!"

"그, 그런 거야?"

"스크립트는 말이야, 연출이라는 건 말이야……. 그림과 문장과 노래라는 각각의 소재를 하나의 게임 작품으로 완성시키는, 엄청 중요한 포지션이라고!"

"아~ 그렇구나."

"할 줄 아는 게 없는 녀석이 어쩔 수 없이 담당해도 되는 게 아냐……. 반대라고, 반대. 그림과 글, 노래에 정통한 인간이 아니라면 할 수 없는 거란 말이야!"

내가 진짜로 화를 내자, 카토는 멍한 표정을 지으며 입을 다물었다.

아무렇지도 않아 하는 듯한 저 표정이 조금 신경 쓰이기는 하지만, 할 말을 잊을 만큼 내 말에 감명 받은 걸로…….

"처음에 세상을 완전 얕보는 듯한 기획서를 가지고 왔던 사람은 어디 사는 누구였더라?"

"아무것도 할 줄 모른다고 전부 남에게 맡겨버린 녀석과 카토 양 중 누가 더 제대로 된 인간이라고 생각해?"

"아무튼!"

카토의 목소리를 대신하듯 들려온 쓸데없는 잡음을 차단한 나는 다시 한 번 모두를 둘러보면서 강한 결의가 어린 목소리로 선언했다.

"……이렇게 된 이상 어쩔 수 없지. 스크립트는 내가 맡겠어."

"아키 군, 할 수 있겠어?"

"적어도 카토보다는 나을 거라고!"

소비형 오타쿠로서의 나를 얕보는 것은 어쩔 수 없지만, 사나이로서의 나를 얕보는 건 곤란하다.

지금까지도 부족한 센스를 노력으로 커버해왔던 것이다.

게다가 나에게는 수면 시간도 아껴가면서 아르바이트를 해왔던 경험이 있다!

……뭐, 그 경험이 공부를 통한 것이 아니라는 점에 일부 어른들은 불만을 품고 있지만 말이다.

"처음부터 그렇게 말했으면 조금은 폼 났을 텐데 말이야. ……안 그래? 사와무라 양"

"카스미가오카 우타하의 말이 맞아. 궁지에 몰리지 않으면 사람도 안 모으고, 아무것도 안 한다니깐. 정말 저질이야."

"누가, 언제까지, 무엇을 할지를 정하는 것이 디렉터인 윤리 군의 역할이잖아."

"그리고 사람이 모자라면 적당한 멤버를 찾아서 데리고 오는 게 프로듀서인 토모야의 임무 아냐?"

"모처럼 사람이 의욕을 보이고 있는데 그렇게 험담을 해 대야겠어?!"

방금 저 두 사람을 사이좋게 만드는 방법을 찾은 것 같은 느낌이 들었지만, 그 방법을 실행했다간 내 정신 쪽이 위험에 처할 것 같았기에 그냥 못 찾은 척하면서—.

"아무튼! 다들 앞으로도 많은 도움 부탁할게!"

—나는 미소 지으면서 큰 목소리로 선언했다.

왜냐하면 나는 이 서클의 대표이자, 프로듀서 겸 디렉터.

게임 제작의 최종 책임자인 것이다.

그러니 아무리 힘들어도, 슬퍼도, 항상 미소 지으면서 앞으로 나아가자.

왜냐하면 은행이나 유통, 임금 미지급 같은 어른들의 사정을 신경 쓰지 않아도 되고 실패를 두려워하지 않아도 되는 나이니까…….

"뭐, 꽤 흡입력 있는 시나리오를 쓰고 있으니까 연출은 그다지 필요 없을 것 같지만 말이야."

"유저들은 "한심한 화면 효과 같은 건 관두고 그림이나 더 보여줘." 라고 말할지도 몰라."

"두 사람 다 자신만만하네……."

게다가 나에게는, 억지로라도 기운 넘치는 척하는 나를 향해 쓴웃음 지어주는 최고의 동료들이 있다.

이길 수 있다. 이길 수 있어⋯⋯. 아, 이게 전부 꿈이었다는 결말은 아니라고. 진짜야.

"좋아. 해보자⋯⋯. 최고의 게임을 만드는 거야!"

"저기, 아키 군. 그럼 나는 결국 뭘 하면 돼?"

"아, 카토는 소거법으로 볼 때 음악 담당이겠네."

"뭐~?"

그런고로, 게임 제작 서클 『blessing software』는 오늘도 정상 운행 중입니다요.

제1장

러브 코미디라면 목욕 신을 한 권에
한 번 정도는 넣죠(편집)

"다녀왔습니다~."

현관을 열고 평소처럼 그렇게 말해도, 어두컴컴한 거실에서는 평소처럼 그 누구의 목소리도 들려오지 않았다.

시계를 보니 오후 여섯 시가 지났지만, 오늘도 부모님은 일을 하거나 놀러 다니면서 바쁘지만 충실한 하루하루를 보내고 있을 것이다. ……나와 마찬가지로 말이다.

그렇다. 이것이 초 방임주의 가정인 아키 가(家)의 일상이다.

집에 돌아오더라도 항상 밤늦게까지 혼자 있어야 한다.

식사는 냉장고 안에 있는 것들로 대충 해결한다.

그 외에는 항상 방에 틀어박혀 있기 때문에 부모님과 얼굴을 마주치는 날이 오히려 드물 지경이었다.

"……일단 좀 씻을까? 땀도 흘렸으니까 말이야."

뭐, 그래서 다소 혼잣말이 많아지는 경향이 있기는 하지만······.

그래도 부모와의 단절 때문에 삐뚤어지거나, 이걸 이용해 비슷한 처지 여자애를 꼬시거나, 자신의 어리석은 행동을 정당화하는 것 같은 한심한 짓은 하지 않는다.

궁핍한 생활을 하지 않아도 되는 것만으로도 고마워해야 할 테니까 말이다. 그런 것 하나하나에 불만을 가졌다간 천벌 받을 것이다.

그런 생각을 하면서 세면장의 문을 연 나는 세탁기 위에 가방을 둔 후, 옷을 벗었다.

가방을 세탁기 위에 둔 순간 평소보다 큰 소리가 난 것은 대형 서점에서 사 온 책 때문일 것이다.

대부분의 동인 게임에서 쓰이는 모 프리 엔진의 교본은 소문대로 사람을 죽이는 데 써도 될 만큼 두꺼웠다.

그런 이 책이 상권에 불과하다니······.

"흐으으으음~."

나는 수도꼭지를 돌려 뜨거운 물로 샤워 하면서 오늘 서클 활동 시간에 결정한 사항을 떠올렸다.

자신이 결국 크리에이터라는 한 번도 체험해보지 못한 영역에 돌입하게 된 그 순간을 회상했다.

지금까지 동경해왔고, 칭송해왔으며, 그리고 지켜봐왔던 사람들과 같은 무대에 서게 되었다는 사실을 곱씹었다.

물의 온도가 꽤 뜨겁기 때문인지 아니면 마음속에서 끓

어오르는 고양감 때문인지는 모르겠지만, 기분 좋은 열기가 몸 안을 돌아다니고 있었다.

의외인 점은 자신의 모티베이션이 생각했던 것보다 훨씬 높다는 점이다.

아마 욕실에서 나가면 저녁을 대충 먹고 스크립트 공부를 시작한 후, 그대로 밤을 새어가면서 샘플 프로그램과 격투를 하리라.

"아……."

그렇다고 불안을 전혀 느끼지 않는 것은 아니다.

마치 뜨겁게 끓어오른 마음을 필사적으로 억누르려는 것처럼, 등골을 타고 불안이 치밀어 올랐다.

그것도 무리가 아니었다. 왜냐하면…….

"큰일 났네. 오늘은 『잔스칼VxG』의 최종회가 하는 날이잖아……."

지금까지 계속 챙겨본 여름 애니메이션들의 최종회 러시가 이번 주부터 시작된다.

그런데 이대로 가다간 실황 게시판에서 벌어지는 축제에 참가하지 못할 것이라는 불안감이 치밀어 올랐다.

게다가 본격적으로 작업을 시작하면 가을 애니메이션을 전부 포기할 수밖에 없을 것이라는 사실이 상상을 초월하는 공포를 불러왔다.

모든 화를 다 녹화해서 시간을 벌더라도, 1쿨X몇십 편을 소화할 여유는 아마 올해 안에는 생기지 않으리라.

겨울 코믹마켓에서 가을 애니메이션에 관한 이야기를 하지 못하는 오타쿠는 빅사이트에 갈 자격이 없지 않을까…….

하지만 그런 생각이 든 순간, 상업의 최전선에서 엄청난 양의 일을 해대면서도 방영 종료 직후에 애니메이션 히로인 능욕(러브러브 계열도 가능) 동인지를 내는 작가들이 떠올랐다. 그들은 대체 어떻게 애니메이션 보는 시간을 만들어내고 있는 걸까?

……그러고 보니 판타스틱 문고 편집부의 마치다 씨가 이런 말을 했었지.

『차라리 전화는 안 받아도 된다(실은 안 된다). 하지만 연락이 안 되는 상태에서 트위터에다가 애니메이션 최신화에 대한 감상을 적는 건 정신 건강에 좋지 않으니까 자제해줬으면 좋겠다』고 말이다…….

"……하아."

이런 고민을 계속해봤자 아무 소용도 없으니 일단 샤워를 끝냈다.

2차 창작 동인지도 내는 상업 작가의 일에 대한 의식 문제에 대해……서가 아니라, 앞으로의 내 인생에 대해 방으로 돌아가서 진지하게 생각해보자.

그렇게 결의한 내가 욕실 문 손잡이를 잡으려 한 순

간…….

마치 자동문의 센서가 반응한 것처럼 문이 소리 없이 열렸다.

"어라? 뭐야, 토모. 집에 돌아왔었구나."

"어……."

내가 "뭐야, 엄마. 집에 돌아왔었구나." 라고 말해야 하는 상황—

—이라고 생각했는데, 문 앞에 있는 이는 어머니가 아니었다. 그리고 아버지 또한 아니었다.

"미안. 아무도 없길래 멋대로 들어왔어. 고모가 전화로 현관 열쇠 두는 곳을 가르쳐줬거든."

하지만 그 인물은 나를 가족처럼 편하게 대하고 있었다.

나이도 나와 비슷하고 키도 나와 비슷하지만, 성별은 정반대다.

배꼽이 보일 만큼 옷자락이 짧은 검은색 탱크톱과 꽤나 작은 쇼트 팬츠(핫팬츠라고 하던가?)를 입은 상당히 키가 큰 여자애다.

……참고로 말하자면 나는 현재 실오라기 하나 걸치지 않았다.

"우와와와와아꺄아아아아아아~~~~~!"

그런고로, 나는 여자애틱한 비명을 지르며 그 자리에 주저앉았다.

이것은…… 그야말로 언러키 밝힘증 이벤트다.

"……토모, 왜 그래?"

그리고 이런 상황에서도 눈앞의 여자애는 영문을 모르겠다는 표정을 지으면서 알몸 상태인 나를 뚫어져라 쳐다보고 있었다.

나를 잘 아는 것처럼 행동하고 있는 이 여자애를 본 나는—.

"미…… 미치루!"

"오랜만~! 정월 이후로 처음이지~?"

—그녀의 이름을 외치면서, 눈앞에 있는 사촌을 떠올렸다.

한 번이라도 이야기를 나눠본 상대의 이름을 까먹는 실례되는 짓은 보통 안 한다고.

※　※　※

오타쿠의 창작 세계에는 욕실 이벤트라는 것이 있다.

애니메이션과 라이트노벨, 게임 같은 러브 코미디 요소가 있는 작품에서는 빠지지 않으며, 임팩트와 모에와 에로를 자극하는 중요하면서도 정석적인 이벤트다.

그런 만큼 효과가 크고 편리하기 때문에 작품을 불문하고 자주 쓰인다. 또한 그 이벤트로 유저를 만족시키기 위해서는 반드시 지켜야만 하는 요소가 있다.

돌발적일 것, 착각 혹은 미스에 의해 발생하며 당사자에게 악의나 작의적인 의도가 없을 것, 본 쪽은 당황할 것, 보여준 쪽은 부끄러워할 것, 그리고 꽤 아슬아슬한 부분까지 노출시킬 것.

 또한 작품의 연령 심의 기준을 아슬아슬하게 벗어나지 않는 정도까지 갈 것. 요즘 들어서는 일반 작품들 중에도 그 기준을 벗어난 것들이 있는 것 같은 느낌이 들지만, 일단 그 점은 제쳐두고…….

 그리고 가장 중요한 요소…… 아니, 당연하기 그지없는 전제 조건이 바로, 보는 쪽이 남성, 보여준 쪽이 여성이라는 것이다(BL, 여성향 쪽은 약간 사정이 다르지만 그쪽에 대한 설명은 일단 생략하겠다).

 "아하하. 미안 미안. 그래도 그렇게 부끄러워할 건 없잖아."

 "너야말로 좀 더 부끄러워하라고! 보는 쪽도 수치심을 느끼란 말이야!"

 ……하지만 보는 쪽인 데다, 옷도 안 벗었고, 게다가 상대의 몸을 전부 다 본 데다, 겸사겸사 평정심을 유지하고 있다니…… 이 여자, 모든 요소를 다 무시하고 있잖아.

 완전 카토에 버금가는 이벤트 킬러군.

 "그건 그렇고 엄청 오타쿠틱한 방이네~. 토모 너, 아직 뽕뽕을 졸업 못 한 거야?"

IT에 관한 이해 수준도 카토와 버금가네…….

그리고 PSG음원[#1]의 위대함을 모르는 녀석이 뿅뿅 같은 소리 하지 마.

"그런데 미치루 너, 뭐 하러 온 거야?"

"으음, 그게 말이야. 내 말 좀 들어봐, 토모."

……자, 그럼 좀 전에 사촌이라 말한 후로 계속 미뤄왔던 인물 소개를 시작해보자.

이 녀석의 이름은 효도 미치루.

나와 나이가 같으며, 근처 현(縣)에 있는 여고 2학년이다.

그녀의 집은 전철로 한 시간 이상 가야 할 만큼 떨어져 있기 때문에 우리 집에서 이렇게 만나는 일은 거의 없었다.

그래도 1년에 두 번, 나가노 현에 있는 효도 가의 본가에서 백중맞이 때나 정월에 만나는 친척…… 아, 요즘은 여름 코믹마켓 때문에 1년에 한 번만 만나지.

이제 겨울 코믹마켓이 정월과 겹친다면 우리는 두 번 다시 만나지 못할 것이다……. 잘 부탁해, 준비회.

뭐, 혈연관계도 친분도 적당 적당한 사이인데도 불구하고, 우리는 어릴 적부터 자타가 공인한 만큼 사이가 좋았다.

어째서 그렇게 되었냐면, 나이가 비슷한 친척이 우리밖에 없었고, 둘 다 겁이 없는 편이며, 낯가림이라는 말의 의미

#1 PSG음원 고전 게임에 주로 쓰이던 음원. 8옥타브 3중 화음이 가능한 사운드 칩셋이며 한동안 컴퓨터 또는 게임기의 내장 음원으로 쓰였다.

조차 몰랐던 데다, 그리고…….

"아, 이야기를 시작하려니까 목이 마르네. 이 콜라, 마셔도 되지?"

"어이, 그건 내가 마시던 거야. 새로 한 잔 따라줄 테니까……."

"시원하지 않아도 괜찮아. 그럼 잘 마시겠습니다~."

"아니, 그런 의미에서 한 말이 아니라……."

이런 식으로, 간접 키스 등의 이벤트 플래그 같은 것을 의식하지도, 인식하지도 않는 이 녀석의 거리낌 없음 때문이었다.

뭐, 그런 의미에서 본다면 내 주위에 있는 여성진 중에서는 오타쿠가 아니라는 점도 포함해 카토에 가장 가까운 존재일지도 모른다.

그래도 카토와는 비교도 되지 않을 만큼 캐릭터성이 강했다.

그 이유는…….

"휴우, 잘 마셨어……. 그건 그렇고, 내 이야기 좀 들어봐 토모! 우리 아빠 너무하지 않아?"

"너무한 건 네 옷차림이야."

"응? 어디가? 평소랑 다름없잖아?"

"너무 평소랑 다름없는 게 문제라고!"

그녀는 좀 전에 말했던 것처럼 탱크톱에 쇼트 팬츠 차림이었다. 즉, 노출도가 장난이 아닌 것이다.

그런 옷차림으로 내 침대 위에서 양반다리를 하고 앉아 있는 여자애를 상상해줬으면 한다. 혹은 이미지를 만들어서 픽시브에 올려줘도 된다.

아, 이미지를 만들기에는 정보가 부족할 수도 있으니 보충 설명을 하자면, 탱크톱은 검은색에 무지 얇고 옷자락도 짧은 편이며, 어깨는 물론이고 배꼽 언저리의 속살까지 보인다. 게다가 그녀가 움직일 때마다 가슴 부분에 보이는 버튼 같은 돌기(突起)가 적당히 흔들리는 것을 보면…… 브래지어를 안 한 게 틀림없다.

게다가 쇼트 팬츠는 옷자락이 너무 짧아서 허벅지 가장 안쪽 속살까지 다 보였다. ……그런 걸 입은 상태에서 양반다리를 하고 있으니 시점에 따라서는 쇼트 팬츠의 틈 사이로 뭔가가 보일 위험성까지 존재했다.

……뭐, 이렇게 집요하게 설명할 필요가 있는가에 대해서는 일단 제쳐두겠다.

"위에 뭐라도 걸쳐! 아니, 위뿐만 아니라 아래에도 뭐라도 좀 걸치라고!"

"그게 말이야~. 교복 외에는 이 옷밖에 안 가지고 왔거든~."

"그럼 내 체육복 빌려줄게."

"싫어. 체육복 같은 걸 입는 게 더 부끄러워. 그딴 걸 체

육 시간 외에 어떻게 입느냐 말이야."

"……네 말이 맞지만 그래도 입어."

이제 이해가 될 것이다.

지금 내 눈앞에 어떤 상황이 펼쳐져 있는지 말이다.

카토는 절대 이런 짓 안 하잖아? 응?

"그리고 나가노에 있는 할아버지 집에서도 나는 항상 이런 옷차림이었잖아. 이제 와서 무슨 소리를 하는 거야?"

"이제 와서니까 하는 말이라고……."

아무튼…… 아니, 게다가 지금 이곳에는 다른 친척이 아무도 없었다.

이 방 안에 단둘이 있는 우리는 유치원생도, 초등학생도, 중학생도 아닌, 고등학생이다.

제2차 성징 같은 건 예전에 지나간 것이다.

……아무래도 눈앞에 있는 이 녀석은 몸에만 제2차 성징이 왔던 것 같지만 말이다.

"아무튼 제대로 된 옷을 입고 책상 앞에 앉아. 안 그러면 네 사정도 들어보지 않고 바로 쫓아내 버릴 거야."

"정말 반장 같은 소리만 하네. 오타쿠 주제에 말이야."

"오타쿠이기 때문에 이런 상황에 휩쓸릴 수가 없는 거야! 좀 눈치채라고!"

게다가 우타하 선배처럼 의도적인 장난을 치는 거라면 나도 물러서야 할 때를 파악……하지는 못해도, 그나마 말이

통하겠지만⋯⋯.

여자 고등학교에서 양식된 천연기념물 상대로는 그것도 무리다.

내가 이상한 소리를 하고 있다는 건 알지만 이해해달라고⋯⋯. 여러모로 위험한 상태란 말이야.

※　※　※

"정월에 내가 말했었지? 고등학교에 들어간 후로 여자애들끼리 밴드 활동을 시작했다고 말이야."

"아~. 그러고 보니 그런 소리를 했었지. ⋯⋯아직도 계속하고 있었구나."

"나를 뭐로 보는 거야~?! 시작하고 1년밖에 안 지났는데 벌써 관뒀을 리가 없잖아."

"하지만 너는 매사에 쉽게 질리는 편이잖아. 그것도 엄청."

"이번에는 안 그래! 진심이란 말이야!"

"흐음, 그래?"

대답은 그렇게 했지만, 미치루가 한 말을 순순히 믿을 수는 없었다.

그것도 그럴 것이, 이 녀석은 이전부터 배구나, 연극, 농구 등 이런저런 부활동에 빠졌다가도 반년도 채 지나기 전에 때려치웠던 것이다. 새 분기가 시작될 때마다 마누라를 갈아치우는 애니메이션 팬에 버금갈 만큼 쉽게 질리는 애였다.

"지난주 문화제 때 라이브를 했는데 반응이 엄청 좋았다니깐? 다들 전설의 스테이지라고 부를 정도였어!"

"여고라 좋겠네. ……공학이었으면 남녀 관계가 뒤얽혀서 밴드가 붕괴했을 거야."

어디까지나 일반론이지만 말이다.

"그때 라이브 하우스의 관계자가 스테이지를 보러 왔었는데, "우리 스테이지에서 공연해보지 않겠어?" 같은 스카우트틱한 소리를 하더라구."

"그러고 보니 너는 기타였지?"

"그리고 겸사겸사 보컬도 맡고 있어."

"……완전 메인 중의 메인이네."

자신이 이끄는 밴드가 문화제에서 엄청난 인기를 얻었고, 게다가 라이브 하우스 데뷔를 하게 됐다. 이딴 소리를 다른 녀석이 했다면 망상병 환자 취급을 하고 말았겠지만, 그 말을 한 상대가 미치루라면 바로 부정할 수 없었다.

그것도 그럴 것이, 이 녀석은 배구를 할 때는 매년 지역 대회에서 1회전 탈락을 하던 팀을 준우승으로 이끌었고, 연극 때는 지역 대회에 입상시켰다. 그리고 농구 때는 전국 대회를 아쉽게 놓치는 선까지 승승장구했었던 것이다. 즉,

공부 이외의 모든 분야에서 다재다능한 재능을 발휘하고 있었다.

그러니 문화제에서 전설의 스테이지 소리를 듣는 것 정도는 식은 죽 먹기일 것이다.

……나랑 같은 피를 이어받았지만, 정말 짜증 나는 녀석이다.

"그래서 본격적으로 시작하려면 여러모로 돈이 들 것 같아서 부모님에게 도움을 요청했는데……."

"아, 그 후에 어떤 일이 벌어졌을지 생생하게 상상이 돼……."

"그랬더니 아빠가 "그런 이야기는 들은 적도 없다."라면서 화를 내더라구. ……뭐, 들은 적 없긴 할 거야. 밴드 한다는 소리는 그때 처음 했으니까 말이야."

"이야기해! 밴드 시작했을 때 바로 이야기하라고!"

정월에 내가 밴드 이야기를 들었을 때도, 미치루의 아버지와 어머니는 그녀의 새로운 취미에 대해 전혀 알지 못했다.

무시무시한 『어른들은 몰라요』 증후군……. 중2병 냄새가 풀풀 납니다요.

아무튼 그녀는 키가 크고 성격도 서글서글하며 뛰어난 재능을 지닌 데다…… 외모 또한 나쁘지 않았다.

학교에서 엄청 인기 많을 것 같네……. 게다가 여고니까 말이야.

"뭐, 아무튼 그래서 이렇게 된 거야."

"……이야기가 중간에 엄청 생략된 것 같지만, 얼추 상상이 되니까 됐어."

삼촌, 즉 미치루의 아버지가 나를 만날 때마다 입버릇처럼 입에 담는 말이 있다.

"우리 미치루도 토모 군처럼 솔직하고, 부모 말을 잘 들을 뿐만 아니라 공부도 잘하는 애면 얼마나 좋을까."다.

뭐, 나에 대한 평가는 오해와 편견으로 9할 이상 가득 찬, 실제 상품과 다른 이미지지만, 삼촌이 하고 싶은 말은—.

"즉, 너 또 가출한 거지?"

"딩동댕~."

—가정 안에서 미치루가 취하는 태도였다.

미치루는 부모에게 있어 어렸을 적부터 악동이었으며, 열다섯이 된 후부터는 불량소녀라 불렸다.

객관적으로 본다면 나이프처럼 뾰족하기는커녕 그저 인생을 대충대충 살 뿐인 여유 넘치는 잠자리 같지만…… 아, 부모 입장에서 볼 때 외동딸이 요 모양 요 꼴이면 문제가 많으려나.

"그건 그렇고, 왜 우리 집에 온 거야? 지금까지 한 번도 온 적이 없잖아."

"그게 말이야. 마사미 고모가 이번 달부터 요하네스버그에 부임하게 되면서 맨션을 정리해버려서……"

"걱정되는걸……. 네가 아니라 이모의 안전이 말이야."

마사미 이모는 미치루의 아버지와 내 어머니의 여동생으로, 아직 독신이며 시내에 있는 고급 맨션에서 유유자적한 생활을 하고 있었다. 그리고 이 녀석에게 있어서는 안전한 도피처가 되어주던 호쾌한 여성이다.

오호라. 지금까지 미치루와 그녀의 부모님 사이에서 완충재 역할을 해주던 그 사람이 사라진 거구나. 정말 큰일이군.

"그러니까 한동안 신세 좀 져도 되지? 토모."

……분명 앞으로는 우리 가족이 그 중책을 짊어지게 될 테니까 말이다.

"아니, 그건 좀 여러모로 문제가 있을 것 같지 않아?"

"어~ 왜?"

"그렇잖아. 이 집에는 너와 비슷한 또래의 남자애가 살고 있다고."

"비슷한 또래의 남자애라고 해봤자, 결국 토모잖아."

"그렇게 말 한마디로 남자의 자존심에 상처를 내면서 압박을 가하지 말아줄래?"

"아~ 그런 뜻에서 한 말 아냐. 친척이고 가족 같은 사이라서 괜찮다는 의미라구."

"그, 그래도 인마. 사촌끼리는……."

"사촌끼리는, 뭐?"

"그, 그게……."

"……?"

설마 일전에 카토에게 했던 경고가 그대로 내 상황에 적
^{2권에서}용될 줄이야. 완벽한 부메랑 효과군.

그야말로 뿌린 대로 거둔다고나 할까, 되로 주고 말로 받
는다고나 할까……

"으음, 그러니까 말이야. 사촌이라는 건, 오타쿠 세계에서
본다면 여러모로 미묘한 혈연관계……아햐햐햐햐햐핫?!"

사촌으로서, 남자로서, 오타쿠로서 머뭇거리고 있는 내
목덜미를 차가우면서도 부드럽고 딱딱한 감촉이 덮쳤다.

즉, 동요 같은 것이나 하고 있을 때가 아닌 것이다.

"그~러~니~까~. 우물쭈물하면서 혼잣말이나 해대지 말
고, 내 이야기를 진지하게 들으란 말이야~. 이얍이얍~."

"진지하고 듣고 있잖아…… 우히히히힛?!"

"남의 이야기를 들을 때는 상대의 눈을 바라보라는 것도
못 배웠어~? 에잇, 에잇."

"그, 그만, 그만…… 흐으으으으윽?!"

……부끄럽지만 솔직하게 털어놓자면, 나는 좀 전부터 미
치루를 보지 않기 위해 침대를 등지고 앉은 채 이야기를 나
누고 있었다.

어, 어쩔 수 없잖아. 이 녀석, 내가 몇 번을 말했는데도
복장과 자세를 바꾸지 않는단 말이야.

"자, 빨리 이쪽을 봐~. 보란 말이야~."

"그, 그만…… 그~만~해~!"

하지만 미치루는 배려에서 우러난 내 태도가 오히려 마음에 들지 않는지, 등 뒤에서 내 목덜미를 향해 직접 공격을 감행했다.

보이지 않기 때문에 어떤 자세인지는 알 수 없지만, 감촉으로 볼 때 내 몸에 닿고 있는 것은 발끝이 분명했다…….

그녀의 발끝이 내 등을 톡톡 찌르거나, 머리를 걷어차거나, 목덜미를 쓰다듬고 있었다.

……잠깐만. 이건 미소녀 게임에 빗대어 본다면 완전 잠자리 대화 수준이잖아.

"자아~ 빨리 항복해~. 에잇에잇에잇~."

"우와아아아앙, 그만해, 밋짱~!"

"그럼 이쪽 쳐다봐! 안 그러면 어릴 때처럼 4자 꺾기를 걸 거야."

"지금 그거 당했다간 다리만이 아니라 다른 부위도 딱딱해질 거야!"

※　※　※

마지막에 가서는 어릴 적부터 이어져 오고 있는 우리의 주종 관계가 폭로된 것 같은 느낌이 들지만, 그것은 일단 제쳐두고…….

그 후, 우리 부모님이 돌아오신 심야에 아키 가와 효도 가 간의 전화 회의가 엄숙하게 거행되었다.

그 결과, 상냥하고, 매사에 대충이며, 무사안일주의인 우리 부모님은 『화가 가라앉을 때까지』라는 명확하지 않은 기간 동안만 이 불량소녀를 맡기로 결정해버렸다.

자기들은 전혀 등장하지도 않으면서…… 아니, 집에 일찍 들어오지도 않으면서 말이다. 정말 무책임한 부모님이다.

제2장

그러고 보니 사촌끼리는 걸(이하 생략)

"하아아아아암~."

"아키 군, 많이 졸려 보여."

"뭐, 조금 그래……."

내가 시청각실의 항상 앉는 자리에서 크게 하품을 하자, 옆자리에 있던 카토가 문장으로 표현하면 걱정으로 가득 찬 듯한 말을 걱정이 눈곱만큼도 느껴지지 않는 목소리로 말했다.

"혹시 밤샌 거야? 열심히 하는 건 좋지만 너무 무리하지는 마. 영양 드링크의 효능은 가격과 비례하는 것 같으니까 조심해."

"……유익한 정보를 제공해줘서 고마워."

무관심한 듯한 목소리와 내용으로 구성된 격려를 듣고 억지로 기합을 넣은 나는 다시 한 번 필사적으로 액정 화면을 노려보았다.

"우와."

……하지만 역시 머리에 들어오지 않았다.

화면에는 스크립트의 코드…… 즉, 문자와 숫자와 기호가 나열되어 있었다. 그것들은 엄청난 기세로 내 이과 혐오증을 자극하고 있었다.

정말, 어째서 이런 문자의 나열이 그렇게 에로틱한 게임으로…… 아니, 에로틱하지 않다. 우리가 만드는 게임은 건전하단 말이다. 역시 좀 지친 모양이다.

일전의 서클 활동으로부터 일주일이 흘러 10월 초순이 되었다.

그 말은 즉, 예의 그 "태풍"이 온 후로 일주일 흘렀다는 것을 뜻했다.

참고로 그 태풍은 여전히 세력이 약화되지 않은 채 본토^{우리 집}에 머물고 있었다.

그렇다. 내가 이렇게 졸린 것은 스크립트 공부 때문이 아니라, 밤이면 밤마다 사촌 여자애에게 휘둘리고 있는 불쌍한 남자애의 우울함과 밀접하게 링크되어 있었다…….

"카토 양 말대로 너무 무리하지는 마, 윤리 군."

"어라?"

이유야 어쨌든 간에 수면 부족으로 인해 지칠 대로 지치고 만 나를 걱정해주는 또 다른 목소리가 들려왔다. 그 목소리가 들린 곳을 향해 고개를 돌려보니, 내 옆자리에서 걱정스러운 눈빛으로 나를 바라보는 상대가 쇼트 포니테일에서 흑발 롱헤어로 바뀌어 있었다.

조금 전까지 그곳에 있던 카토는 창가에서 스마트폰을 만지작거리고 있었다.

……정말, 자신의 포지션을 남에게 양보할 때의 저 태연함만은 완벽 그 자체라니깐.

"게임 제작을 향한 네 정열만큼은 충분히 전해졌어. 하지만 건강을 해쳐서 작업을 못하게 된다면 본말전도잖아?"

"우타하 선배……."

그리고 우타하 선배는 진심으로 나를 걱정해주는 듯한 시선과 목소리를 묘하게 어필해가면서 내 어깨에 살며시 손을 얹었다.

……그녀가 의도적으로 이런 행동을 취하고 있다는 걸 눈치챘으면서도, 나는 코끝을 스치는 좋은 향기와 귀를 간질이는 기분 좋은 속삭임 때문에 머릿속이 어질어질해졌다.

졸음 때문에 죽을 것 같을 때 이러는 건 완전 반칙이대이.

"나도 조금은 도움이 될 테니까 좀 보여줘 봐. 일전에 알고 지내는 작가가 외주로 게임 시나리오를 맡았는데, 어느새 공짜로 스크립트까지 담당하게 된 적이 있어. 실은 그때 나도 일주일 동안 철야로 작업하는 그 작가를 도왔어."

"괜찮아요, 선배. 스크립트는 내가 담당하기로 했잖아요.

그리고 그런 무시무시한 이야기 좀 하지 마요."

게다가 의도적인 느낌이 나기는 해도, 이 사람이 하는 말 자체는 꽤나 갸륵했다.

뭐, 다소 살벌하기는 했지만 말이다.

"정말 더는 두고 볼 수가 없네……. 남은 건 내가 집에서 해 올 테니까 오늘은 이만 돌아가."

"그럴 수는 없다고 좀 전에도 말했잖아요, 우타하 선배……. 선배는 스토리만 만들어주면 돼요."

게다가 방금 한 말이 거짓이 섞이지 않은 진담이라는 점이 문제였다.

나보다 훨씬 밤샘을 반복해온 데다, 나보다 훨씬 바쁘게 일하고 있으면서.

이래서는 내조가 아니라 그냥 대놓고 부양하기, 아니, 기둥서방을 먹여 살리는 인기 작가?

……아, 큰일 났다. 너무 졸린 나머지, 머릿속이 미소녀 게임 주인공의 거무튀튀한 어둠에 잠식되고 말았다.

"하지만 이대로 가다간 윤리 군이……."

"하지만 나는 선배의 새 시리즈도 엄청 기대하고 있다고요."

"뭐……?"

"그런데 아무리 기다려도 1권이 안 나오잖아요. 왜 이렇게 늦어지는…… 아, 그건 전부 내 탓이죠?"

"그……렇지 않아."

"그러니까 나도 힘낼게요……. 이대로 가면 내가 선배의 작가 인생을 망쳐버릴지도 모르니까…… 그렇게 된다면 평생을 다 바쳐도 속죄하지 못할 거예요."

"유…… 윤리 군? 바, 방금 그 말, 한 번 더 해줘."

"아…… 미안해요. 졸려서 이상한 소리 했나 보네요. 그냥 흘려 들어줘요."

"녹음 버튼은…… 녹음 버튼은 어디 있지?"

어라? 이거 꿈 맞지? 현실이라면 큰일 날 수도 있을 만큼 무시무시한 소리를 해버린 것 같은 느낌이 드는데 말이야.

응, 그래. 이건 내가 하렘계 염장 러브로 게임 세계에 왔다는 설정의 행복한 꿈…….

"잠깐만, 카스미가오카 우타하! 보자 보자 하니까 너무하잖아! 남자 때문에 인생이 엉망진창이 되는 헌신 계열 불행 히로인인 척 좀 그만해!"

"아앗! 윤리 군의 충격적인 증언을 녹음할 생각이었는데, 갑자기 히스테리녀의 잡음^{사와무라 양}^{공갈}이 들어갔어……."

거 봐. 역시 꿈이잖아.

분명 방금 끼어든 여자애까지 참전해서 3P 전개가 벌어질 거라고.

※　※　※

"으음, 이 스탠딩 CG는 『메구리_미소1』이면 되겠어?"

"하지만 사와무라 양. 이 장면에서의 메구리의 심정은 조금 다르지 않을까?"

"응? 그게 무슨 소리야? 카토 양."

"여기는 말이야. 메구리가 다른 히로인에게 가려고 하는 주인공의 등을 밀어주는 장면이잖아?"

"뭐, 시나리오 상으로 본다면 그런 해석인 것 같기는 한데……."

"그렇다면 보통 이런 환한 미소를 짓지 않을 것 같은데?"

"으음, 확실히 이해심이 너무 많은 애 같기는 해."

"그러니까 말이야. 여기서는 약간 슬픈 듯이 웃고 있는 『메구리_미소3』이 낫지 않을까?"

"그것도 일리 있네. 그럼 카토 양의 의견대로 가자, 토모야."

"응……."

에리리와 카토의 엄청 열기 띤 토의를 거친 후, 드디어 나의 중요한 미션이 시작됐다.

……스크립트 소스 안에 『메구리_미소3』을 박아 넣는 _{복사 붙여넣기}기계적인 작업이다.

아, 순식간에 끝났네.

"그럼 다음 신으로 가자. ……카토 양, 배경 지정은 어떻게 되어 있어?"

"으음…… 시나리오에는『마을 안』이라고 되어 있어."

"구체적인 로케이션은 지정되어 있지 않구나……. 시나리오 담당이 정말 날림으로 작업했네."

"으, 으음, 아하하……."

봄까지만 해도 전혀 접점이 없었던 두 동급생이 하나의 목적을 달성하기 위해 사이좋게 힘을 합치고 있는 모습을 보니, 가슴이 뭉클해졌다.

……내가 전혀 개입하지 못하고 있다는 점을 제외하면 말이다.

어라, 뭐야? 스크립트 담당이 연출도 지정하는 거 아니었어?

이렇게 지정해준 코드를 그저 집어넣기만 하면 되는 단순한 일인 거야?

스태미나 드링크 다섯 개 가격의 리얼 영양 드링크까지 마셔가며 화려하게 부활한 나는 대체 뭐야?

이 에너지를 내 손가락에다 써대야 하는 거야?

그런 내 마음속 외침에 동조하듯ㅡ.

『시나리오에 문제가 있으면 바로 고칠 텐데……. 이런 곳에 갇혀 있지만 않으면…….』

우타하 선배의 원망에 찬 목소리가 교실 전체에 울려 퍼졌다.

……그 목소리는 시청각실 안에 있는 모든 스피커에서 흘러나왔다.

그리고 우타하 선배 본인을 찾아보니, 유리 한 장을 사이에 두고 있는 방송실의 창문 너머에서 원망 섞인 시선으로 이쪽을 노려보고 있었다.

그녀는 방송실의 기재를 이용해 마이크 퍼포먼스로 우리에게 개입한 것이다.

"서클의 풍기를 어지럽히는 사람은 거기서 혼자 즐겁게 시나리오나 쓰고 있어. 스피커를 끄면 당신이 다리를 떨어대는 소리와 새된 웃음소리가 안 들리니까 일석이조야."

『나는 아무 짓도 안 했어……. 그저 윤리 군에게 희롱당했을 뿐이란 말이야.』

"아아아, 죄송해요! 희롱 안 했어요! 용서해주세요!"

조금 전의 꿈(이 아니었다) 소동 후, 선배에게는 방송실 수감, 나에게는 두 보호 관찰관의 감시하에 집행유예 두 시간이라는 판결이 내려졌다.

……참고로, 이 일련의 처분을 결정하고 집행한 이는 머리카락이 황금색인 사람이다.

아무튼, 이 서클은 징벌 의식이 너무 높다고 생각한다.

"뭐, 아무튼 연출 쪽은 나와 카토 양이 어떻게든 할게."

"으음, 그러면 나는 뭘……."

『하지만 앞으로 가장 바빠질 사람은 사와무라 양 아닐

까? 원화와 배경, 그리고 CG까지 전부 혼자서 다 하는 건 사랑이…… 아니, 짐이 너무 무거울 것 같은데 말이야.』

"남자에게…… 아니, 시나리오에 너무 빠진 나머지 다른 일을 소홀히 하는 작가님에게 그런 소리를 듣고 싶지는 않아."

"마이크 너머로 말다툼 좀 하지 마. 프로 레슬링의 퍼포먼스가 완전 몸에 익은 거냐!"

내가 할 일이 빨리도 생겼네. 정말 다행이야…….

내가 안도와 적막감이 묻어나는 눈물을 흘리려 한 순간…….

"어이쿠."

내 가슴 호주머니에 넣어둔 스마트폰이 두 번 정도 울렸다.

아무래도 메일이 온 것 같았다.

나는 누구에게서 온 메일인지는 딱히 생각하지 않고 가벼운 마음으로 스마트폰을 꺼내 메일을 펼쳤다.

"아……."

그리고 허둥지둥 화면을 오른쪽으로 기울였다.

에리리의 눈에 보이지 않도록 말이다.

From : 미치루

Sub : 오늘 몇 시에 돌아와?

『나는 이미 집에 돌아왔어.

저녁으로 피자 시켜먹지 않을래?』

『정말, 사와무라 양은 왜 그렇게 과잉 반응을 하는 거야?
나는 무해하고, 악의가 없을 뿐만 아니라, 적이 되더라도 졸
개밖에 못 되는 왜소한 인간이잖아.』

"아~ 예~. 역시 독자를 픽션의 세계에 끌어들이는 것이
직업인 카스미 우타코 선생님께서는 거짓말을 하실 때도
눈곱만큼의 죄책감도 느끼지 않으시는 것 같군요~."

에리리 쪽을 힐끔 쳐다보니, 이쪽 상황을 전혀 눈치채지
못한 채 스피커 너머로 마음마저 얼어붙게 만들 듯한 말다
툼을 벌이고 있었다.

그 사실을 확인한 나는 가슴을 쓸어내리면서도, 신중하
게 스마트폰 화면의 각도를 고정하며 에리리에게 보이지 않
게 답장을 보내려다—.

"……아."

"히익?!"

—스마트폰 화면의 정면, 즉 폰 화면을 한눈에 볼 수 있
는 위치에 있는 카토와 눈이 마주쳤다.

『진짜인데…… 당신은 우리에게 있어 가장 큰 위협이 무엇

인지 아직 눈치채지 못한 거야?』

"하앙? 항상 그렇게 영문 모를 소리를 해서 말을 돌리려고 한다니깐. 그래서 당신은……."

시청각실과 방송실의 배틀은 여전히 계속되고 있었다.

"미안. 무심코 눈에 들어왔어."

"그, 그랬구나……."

그래서 나와 카토 사이에 존재하는 미묘하게 거북한 분위기를 아직 눈치채지 못했다.

그렇다면 지금은 이 불의의 사태를 아무 일도 없었다는 듯이 무마시켜야만 한다.

나는 폭탄 처리반처럼 신중하게, 낮은 목소리로 카토와 교섭하기 시작했다.

"그, 그런데 말이야, 카토. 이 건은……."

"아, 걱정하지 마. 누구에게서 메일이 왔는지, 그 메일이 무슨 내용이었는지 남에게 말할 생각은 없어. 그건 매너 위반이잖아."

"그, 그렇구나. 고마워……. 그런데 방금 그 말은 메일의 내용을 전부 다 봤다는 거지?"

"아…… 응."

"흐음, 나도 흥미가 생기네, 카토 양. 카스미가오카 우타하, 당신도 저 메일의 내용을 보고 싶지?"

『응. 그 메일 내용이 어떻게 되는지 알아내야만 할 것 같네.』

"⋯⋯⋯⋯어?"

"⋯⋯⋯⋯어?"

그리고 나는 그제야 치명적인 사실을 눈치챘다.

폭탄 처리반에게 있어 가장 중요한 점은 신중함도 정숙함도 아닌, 전광석화 같은 스피드인 것이다⋯⋯.

※ ※ ※

"흐음, 그 미치루라는 사람은 윤리 군의 사촌이구나."

"예, 예입."

꽤나 비스듬해진 햇살이 쏟아져 들어오고 있는 시청각실.

질서정연하게 놓인 책상을 전부 뒤로 밀어버려 만든 넓은 공간을, 이번에는 가상 법정이 아니라 가상 취조실로 삼은 우리는 사정 청취에 힘을 쏟고⋯⋯ 뭐, 어떻게 된 것인지는 충분히 상상이 되지?

"지금 윤리 군의 집에 있어?"

"아, 예."

"언제부터?"

"이, 일주일 정도 전부터⋯⋯."

"왜?"

"가, 가족과 싸운 후 가출한 것 같아서……."

"그렇구나……. 안 됐네. 분명 자포자기에 빠진 걸 거야. 우연히 만난 사촌과 갈 데까지 가버릴 정도로 말이야."

"자, 잠깐만요! 사촌이라고요! 친척이라고요! 그 시점에서 우연히 만나고 자시고도 없다고요!"

교실 한가운데에는 책상이 하나 놓여 있었다.

그 책상 앞에 마주 보고 앉아 있는 이는 중대 사건의 용의자 취급을 당하고 있는 나와, 이런 사건에서는 엄청난 능력을 발휘하는 "취조의 우타 씨" 카스미가오카 우타하 형사.

……조금 전까지만 해도 수감되어 있던 사람이 형사라니, 정말 별난 경찰서군.

참고로 취조용 책상에서 조금 떨어진 곳에 놓인 또 하나의 책상에는 기록 담당인 사와무라 스펜서 에리리 순경이 앉아 있었다. 그녀는 스케치북에 연필로 무언가를 긁적거리고 있었다.

참고로 구석에 모아둔 책상 중 하나에 대충 앉아 여전히 스마트폰을 만지작거리고 있는 참관인, 카토 메구미 양도 이 자리에 있다는 것을 말해두겠다.

"그럼 질문을 계속할게. 나이는?"

"여, 열여섯. 동갑이에요."

"생일은?"

"……으음, 그런 걸 물어볼 필요가 있는 거예요?"

이런 긴박한 상황에서 우타하 선배가 던지는 질문은 딱히 의미가 없어 보이는 것들이었다.

"……실은 딱히 필요성은 느끼지 못했지만, 방금 윤리 군이 보여준 표정과 대답 덕분에 꼭 물어보고 싶어졌어."

"윽……."

……하지만 그것은 "취조의 우타 씨"다운 교활한 테크닉이었다.

딱히 이 사건과 상관없어 보이는 질문을 던지면서 내 반응을 여러모로 살피고 있었던 것이다.

"그럼 다시 한 번 물을게. ……그녀의 생일은?"

"시…… 12월 18일."

"뭐……."

"잠깐만, 토모야. 그날은……."

내가 그날을 입에 담은 순간, 우타하 선배는 숨을 삼켰고 지금까지 침묵을 지키고 있던 에리리조차 깜짝 놀란 표정으로 대화에 끼어들었다.

그녀들이 이런 반응을 보이는 것도 무리는 아니었다. 왜냐하면 그 날은…….

"……무슨 날이야?"

"바로 내 생일이라고!"

다른 세 사람이 자아내고 있던 긴박한 분위기를, 상황 파악을 못 한 듯한 카토의 질문이 산산조각 냈다.

"아, 맞아. 그러고 보니 옛날에 한 번 들었던 것 같아. 미안해, 아키 군."

"하아. 카토, 제발 부탁이니까 분위기 파악 좀……."

"참고로 내 생일은 지난달이었어."

"미안합니다요. 용서해주십시오. 다음에 꼭 챙겨드리겠습니다요."

카토 메구미, 9월 23일생……

방금 생각났다. 그리고 이제 두 번 다시 잊을 수는 없다.

그리고 우타하 선배의 심문은 시간이 갈수록 격렬해졌으며―.

"생일이 같은 데다…… 같은 병원에서 태어난 거야?"

―드디어 이야기는 나와 미치루의 출생에 얽힌 비밀에 접근했다.

"으음, 나가노에 있는 본가 근처에 단골 산부인과가 있거든요. 우리 집안사람들은 다들 그 병원에서 태어나서 한동안은 본가에서 지내요."

……뭐, 딱히 비밀이라고 할 만한 것은 아니지만 말이다.

"그럼 태어날 때부터 소꿉친구였다고도 할 수 있겠네?"

"으음~ 뭐, 그렇게 되겠죠?"

"으……."

방금 조금 떨어진 곳에서 "우드득" 하고 연필심이 부러지는 소리가 들린 것 같은 느낌이 드는데…….

"태어난 날도, 태어난 장소도, 그리고 이어받은 핏줄마저 같다니…… 그야말로 윤리 군의 소꿉친구 중에서 정점에 군림하는, 원초(原初)의 소꿉친구라고 할 수 있겠네? 다른 가짜 소꿉친구와는 쌓아온 인연 자체가 다르다고 할 수 있겠네?"

"아니, 딱히…… 뭐, 그, 그렇다고 할 수 있겠죠?"

"으~~~!"

방금 약간 떨어진 곳에서 "찌직" 하고 종이가 찢어지는 소리가 들린 것 같은 느낌이 드는데…….

"아아아아아아아아아아~!!!"

그리고 누군가가 그리던 그림을 망친 듯한 단말마가 들려온 것 같은 느낌이 드는데…… 잠깐만.

"에리리 너, 좀 전부터 뭐 하고 있는 거야…….."

"사와무라 양, 좀 조용히 해주지 않겠어? 시끄러워서 심문을 할 수가 없잖아."

"가, 가, 가짜……."

그렇다. 우타하 선배의 심문은 시간이 갈수록 격렬해지고 있었다.

……하지만 가장 대미지를 입은 이는 용의자가 아니었다.

"즉, 정리하자면 이런 거네? 지금 윤리 군과 동거 중인 사촌, 효도 미치루 양은 나이도 태어난 날도 태어난 병원도 같은, 그야말로 원초의 소꿉친구다……."

"으윽……."

"아, 예. 뭐……."

이제 저쪽은 신경 쓰지 않기로 했다.

"하지만 당신들이 태어난 그날 밤, 그 병원에서 화재가 발생. 그리고 구조 작업 도중 실수로 두 아기가 바뀌고 말았다. 180도 바뀌고 만 두 사람의 기구한 운명은 이윽고 다시 교차되고 만다……."

"아, 안 바뀌었거든요?! 태어나자마자 성별을 확인하거든요?! 그리고 화재도 안 일어났다고요!"

"그럼 이런 거야? 윤리 군의 어머니와 효도 양의 아버지가 나눈 금단의 사랑 끝에 태어난 이란성 쌍둥이. 태어나자마자 헤어지고 만 두 남매는 우연히 재회해, 서로의 관계를 모른 채 사랑을 나눈다고 하는, 부모 자식 2대에 걸친 금단의 이야기……."

"그러니까 윤리라고 부르는 사람의 주위 상황을 윤리와는 정반대되게 설정하지 좀 말라고요!"

……그리고 이쪽에게 딴죽 거는 것 자체가 귀찮아졌다.

"이건…… 쓸 만하겠어."

"대체 어디에?!"

그렇다. 딴죽을 걸고 싶지는 않았지만…….

"어디라니…… 당연히 과거편의 루리^{여동생} 시나리오지. 후훗."

"아아, 역시이이이이~!"

하지만 악마 같은 표정으로 키보드를 두드려대는 선배의 핏발 선 눈을 보니 입을 다물고 있을 수가 없었다…….

"계속 고민했어……. 루리를 주인공의 친 여동생으로 삼으면 서로를 사랑하는 두 사람 사이의 배덕적인 느낌과 절망감을 끌어올릴 수 있어. 하지만 그것은 아무리 동인 작품이라 할지라도 전연령 작품이 뛰어넘어도 되는 벽인가? 어쩌면 아웃이 아닐까?!"

"집에 돌아가서 하는 게 어때요? 지금은 망상을 마구 늘어놓지 말라고요, 선배!"

"반대! 사촌끼리라면 혈연 관계상으로 보이더라도 충분히 세이프…… 하지만 근친 요소가 넘치는 최근 미소녀 게임에 익숙한 유저들에게 있어 그 정도 관계성은 약해! 너무 약하단 말이야!"

"누가…… 누가 좀 말려! 에리…… 어?"

내가 에리리에게 도움을 청하기 위해 고개를 돌려보니, 그 녀석은 책상에 엎드린 채 온몸의 힘이 다 빠져버린 것처럼 꼼짝도 하지 않았다.

네가 그렇게 쇼크를 받을 일이 있었던 거냐…….

"그렇다면, 그렇다면! 사촌이라는 관계성을 유지한 채, 다른 인연을 추가해서 부정적인 느낌을 강화하는 것은……

가능해, 가능하단 말이야! 그래. 그것이 이 세상에 동시에 태어나는 것을 통한 감각 공유, 혈연적 연결점, 장소적 연결점, 시대적 연결점이, 더욱 강렬한 마음의 연결점과, 그리고 그것과 상반되는 배덕적인 느낌을 끌어올려……. 후, 후후. 보이기 시작했어, 보이기 시작했어, 보이기 시작했어……. 슈퍼 해피 엔딩이자 초절정 배드 엔딩으로 이어지는 길이 보이기 시작했단 말이야! 후후후후후, 아, 아하, 아하하하하!"

"도, 도와줘, 카토……. 선배를, 선배를 말려!"

그렇다. 내가 믿을 사람은 이런 상황에서도 멍한…… 아니, 평정을 유지하고 있는 카토 메구미뿐이다.

"저기, 아키 군."

"으, 응?"

그리고 카토는 내 기대에 부응하듯 당황하지도, 흥분하지도 않은 채, 내 눈을 지그시 바라보면서 차분한 목소리로 말했다.

"동갑내기 사촌이라는 건 말이야. 무지막지하게 강력한 연인 플래그라고 생각하는데, 아키 군 생각은 어때?"

"카토오오오오~?!"

2권 43페이지
이 녀석, 그때 일을 아직도 기억하고 있는 거냐…….

제3장

알았지? 뒷부분부터 먼저 보지 마.
제대로 라스트에서 놀라라고?

"으, 으응…… 쿠울, 쿠우우우울~."

"……으음."

최근 일주일 동안 계속 수면 부족인 상태에서 서클 활동
동안 말도 안 되는 혐의를 뒤집어쓰며 이러쿵저러쿵하다 보
니 어느새 오후 여덟 시가 되었다.

"으, 으응…… 우후후후후~."

겨우 내 방으로 돌아와 벽에 달린 스위치를 켜보니, 침대
위에서 편안하게 잠을 자고 있는 내 수면 부족의 원흉(효도 미치루)이 보
였다.

……저렇게 행복한 얼굴로 잠자고 있는 모습을 보니 살의
가 끓어올랐다.

"으, 으응……."

여전히 탱크톱과 쇼트 팬츠 차림인 그녀는 잠버릇이 나쁜
탓에 배뿐만 아니라 가슴 아랫부분까지 훤히 드러나 있었다.

"어, 어이, 일어나, 미치루!"

"응~?"

……그래서 살의 이외의 다른 감정이 끓어오르기 전에 이 상황을 정리해야만 했다.

"하아아아암~. 토모, 많이 늦었네."

"서클 활동이 있어서 말이야."

"그럼 메일로 연락이라도 해주지 그랬어. 하도 안 와서 먼저 저녁을 먹어버렸잖아."

미치루가 손가락으로 가리킨 곳에는 식을 대로 식어버린 라지 사이즈 피자가 3분의 1 정도…… 어이, 이 분배 비율은 문제가 있는 거 아냐? 그리고 완전 과식이잖아.

"너, 이 시간에 그렇게 퍼질러 자니까 밤에 잠을 못 자는 거야."

"으음~ 밤에 잠을 자지 않으니까 이 시간에 잠이 오는 거라고도 할 수 있겠네~."

뭐, 이 정도 불평에 대미지를 입을 녀석이 아니라는 것은 이 일주일 동안…… 아니, 약 17년 동안 지긋지긋할 정도로 느꼈다.

그래서 이제는 태클도 잘 걸지 않는다.

그딴 쓸데없는 일로 체력을 소비할까 보냐.

"그리고 남의 침대에서 자지 말라고 몇 번이나…… 손님 방에 이부자리 깔아줬잖아."

"아, 그리고 보니 침대에 엄청 긴 머리카락이 떨어져 있었어~."

"……말도 안 되는 소리 하지 마."

"쳇~. 안 걸려드네~."

"그리고 나한테 그런 주변머리가 있을 리가 없잖아."

위, 위험했어~!

그래. 그런 게 있을 리가 없어……. 우타하 선배가 내 방 침대에서 잔 후로, 몇 번이나 시트를 빨았으니까 말이야!

"어~ 그렇지는 않다고 생각하는데 말이야~."

"뭐가 그렇지 않다는 거야?"

"토모가 여자들에게 인기가 없는 건 주변머리가 없어서가 아니라 오타쿠이기 때문이잖아."

"무슨 소리 하는 거야. 여자에게 인기 있는 거랑 오타쿠는 상관없어."

"그렇지 않아. 토모가 오타쿠를 때려치우면 분명 여자들에게 인기 많을 거야."

그리고 추가 사항 하나. 이 17년 동안 지긋지긋할 정도로 경험한, 이 녀석이 내 친척이라는 것을 느끼는 순간…….

이 녀석은 친척을 덮어놓고 감싸는 경향이 있다.

"그 절대적 자신감이 어디서 오는 건지는 모르겠지만, 내가 논파(論破)해줄까?"

"흐음~ 어떻게?"

"너, 오타쿠가 아닌데도 애인 없지?"

"그, 그걸 어떻게 알았어?!"

"같은 또래 남자 집에 굴러들어온 시점에서 눈치챘다고!"

이 녀석, 백합에 눈뜨기만 하면 월척을 굴비 엮듯 줄줄이 낚을 수 있을 텐데 말이야. 정말 아쉽군.

뭐, 그게 본인에게 있어 행복인지는 알 수 없지만 말이야.

……아, 이것도 친척을 덮어놓고 감싸는 거라고 할 수 있으려나?

"그, 그, 그거랑 이건 이야기가 다르잖아! 나는 밴드 활동 때문에 연애 따위에는 관심이 전혀 없단 말이야."

"그건 나도 마찬가지야. 오타쿠 활동에 빠져서 3차원^{리얼} 따위에는……."

"에이, 그건 좀 아깝잖아. 평생 한 번밖에 없는 청춘이란 말이야. 뭣하면 우리 밴드 멤버를 소개해줄까? 뭐, 토모가 오타쿠를 때려치운다는 전제 조건하에서 말이야."

"남자에 관심 없을 만큼 빠져 있는 밴드의 멤버를 남자에게 소개해주겠다고? 그건 완벽한 모순이잖아!"

그리고 추가 사항 하나 더. 이 17년 동안 지긋지긋할 정도로 경험한, 이 녀석이 타인이라는 것을 느끼는 순간…….

그것은 바로 『비(非) 오타쿠는 이해 못 한다』틱한 좁아터진 소갈머리를 느낄 때였다.

미치루가 아키 가에서 지내게 된 후로 일주일이 지났다.

내 오타쿠 생활 공간은 매일 조금씩 침식당하고 있었다.

처음 이변을 눈치챈 것은 동거 2일 차 토요일이었다.

그날, 평소처럼 아키하바라 순례를 마친 내가 양손에 오타쿠 굿즈를 가득 들고 행복한 표정으로 집에 돌아와 보니, 방 안은 마치 남의 방에 온 것처럼 깨끗하게 정리 정돈되어 있었다.

뭐, 이 말만 들으면 앞으로 함께 살게 된 미치루가 전반적인 집안일을 맡아준 거라고 호의적인 해석을 할 수 있으리라.

……내 방에 있던 오타쿠 굿즈가 현관 앞에 있는 특대 쓰레기봉투 열 개에 가득 들어 있고, 그것들이 있던 자리에 미치루가 가지고 온 기타와 앰프가 설치되어 있지 않다면 말이다.

엄마가 그랬다간 가출, 아내가 그랬다면 이혼, 동거 중인 애인이 그랬다면 이불을 뒤집어쓰고 눈물을 뚝뚝 흘렸을 폭거를 본 나는 분노가 폭발한 나머지 그대로 대판 싸웠다.

그 과정에서 벌어진 농후한 육체적 접촉을 열거하면 부러움을 살지도 모르지만, 그중에는 진짜로 아픈 기술도 포함되어 있으니 될 수 있으면 동정해주기를 바란다.

뭐, 고통과 행복이 공존하는 기술도 상당수 존재했다는 것은 인정하겠지만 말이다.

……아무튼, 내 물건들의 ○오프 행은 막았지만, 미치루가 가져온 물건들이 내 방을 침식하는 것은 막지 못한 채 현재에 이르렀다.

"자, 그럼 졸음도 떨쳐낼 겸 한 곡 연주해볼까♪"

"……앰프에 연결하지 마. 나도 할 일이 있단 말이야."

"나도 알아~! 헤드폰 쓸 거란 말이야."

그 후, 이 녀석은 연습을 빙자해 기재가 설치된 내 방에서 밤늦게까지 기타를 치면서 내 수면 시간을 순조롭게 갉아먹어댔다.

심야 애니메이션 시청을 위해 이 집 안에서 가장 방음 설비가 충실하게 되어 있는 이 방에서 기타 연습을 하는 것은 타당한 선택 같아 보였다. 하지만 그건 어디까지나 더부살이 쪽에서만 타당해 보이는 선택이거든?

마음속으로 그렇게 투덜거리면서 책상 앞에 앉은 나는 PC의 디스플레이를 쳐다보았다.

"뭐야, 토모. 아직도 뿅뿅 하는 거야?"

"네 쟈가장 쟈가장이랑 마찬가지야."

"쳇~. 그럼 쟈가장 시작합니다~♪"

서로의 몰이해(沒理解)를 웃음으로 날려버린 미치루는 침대 위에서 기타를 연주하기 시작했다.

그러자 쟈가장 하고 현을 튕기는 잡음만이 들려왔다.

딱히 내가 기타에 조예가 없어서가 아니라(아니, 조예가 없는 건 사실이지만), 앰프나 헤드폰을 통해 듣지 않으면 일렉트릭 기타의 진짜 음색을 들을 수 없다……고 한다.

그래서 그런지 미치루는 자주 "이것 좀 들어봐, 토모." 하면서 나에게 헤드폰을 씌우려 했지만, 나는 지금까지 계속 거부했다.

그것은 지금의 이 상황을 결코 용인하고 있는 것은 아니라는 뜻이 담긴, 무언의 저항 의사를 드러내기 위해…… 아니, 뭐, 말로도 엄청 저항하고 있지만 말이다.

그리고 상대도 내 게임이나 애니메이션을 "그런 오타쿠틱한 거 싫어. 시간 낭비야." 같은 소리를 하면서 거부하기 때문에 나도 고집을 부리고 있었다.

……뭐, 어쩌면 미치루도 나와 같은 이유로 고집을 부리고 있는 걸지도 모른다.

"응~~~♪"

PC로 작업하는 동안에도 미치루의 기타 소리와 허밍 소리가 방 안에 울려 퍼졌다.

지금까지 제대로 귀를 기울이려 하지 않았던 그 음색은, 솔직하게 말해 나에게 방해가 되지 않을 만큼 작고, 상냥하며, 그리고 기분 좋았다.

게임을 할 때도, 애니메이션을 볼 때도, 그리고 스크립트를 작성할 때도, 때로는 따뜻하게 안아주듯, 때로는 앞에서 이끌어주듯 각 장면에 녹아들어갔다.

한 번은 그 느낌이 너무 좋아서, 미치루의 기타를 들으면서 잠들어 버린 적도 있었다.

그리고 다음 날 아침, 내 옆에서 무방비하게 잠자고 있는 미치루를 발견한 날부터 나는 이 녀석을 방에서 쫓아낼 때까지 잠을 자지 않게 되었다…….

"어? 이건 뭐야?"

"응?"

내가 생각에 잠겨 있는 사이 기타 소리가 멎더니, 그것을 대신해 미치루의 목소리가 가까운 곳에서 내 귓속으로 들어왔다.

이 녀석은 여전히 나를 남자로 인식하고 있지 않은지, 내 등에 찰싹 붙은 채 내 어깨에 턱을 올린 상태에서 디스플레이를 쳐다보고 있었다.

"이거 혹시…… 나?"

"응, 뭐…… 이미지 그림이지만 말이야."

아니, 정확하게 말하자면 디스플레이에 표시된 한 장의 그림을……

"저기, 토모. 뭐가 어떻게 된 거야? 네가 왜 이런 그림을 그리는 건데?"

"아, 내가 그린 게 아냐."

그렇다. 내가 그린 것이 아니다.

이것은 서클 활동 때, 책상에 엎어져 있던 에리리가 손에

쥐고 있던 다잉 메시지.

아무래도 그 녀석은 우타하 선배가 나한테 한 심문을 통해 미치루의 각종 신체적 특징을 알아낸 후, 최후의 힘을 쥐어짜내 이 몽타주를 그린 것 같았다.

처음 이것을 봤을 때, 매일같이 얼굴을 마주하고 있는 나조차도 할 말을 잃을 만큼 특징을 정확하게 파악했다는 사실에 깜짝 놀랐다. 옆에서 들은 이야기만으로 이렇게 엄청난 그림을 그린 에리리의 끝 모를 관찰력에 경악을 금치 못했다.

미안, 에리리. 나 너를 얕잡아봤던 것 같아.

……왜 이런 아무래도 상관없는 것에 사력을 다한 건지는 정말 모르겠지만 말이야.

"어때? 엄청나지? 미치루."

"……."

완벽하게 자신을 쏙 빼닮았을 뿐만 아니라 아름답기까지 한 이 일러스트를, 한 번도 만난 적 없는 사람이 그렸다는 말을 들은 미치루는 할 말을 잃었다.

"오타쿠는 상상력만으로 이 정도 그림을 그려낼 수 있다고."

그린 이가 오타쿠든 아니든, 보는 이가 오타쿠든 아니든, 진정으로 뛰어난 그림은 사람의 마음을 움직인다.

그렇다. 나는 지금까지 그런 순간을 몇 번이나 봐왔다.

그러니 이번에도…….

"너는 오타쿠를 바보 취급하지만, 이 감성과 재능은 네가 동경하는 아티스트들에게도 밀리지 않아……."

"토모, 너 이 그림 어디에 쓸 거야? 설마 한밤중에 므흐흐한 데다 쓰려는 건 아니지……?"

"어? 너 방금 내가 한 이야기 안 들은 거야? 그냥 질렸던 것뿐이야?!"

……아~. 그러고 보니 그림에 담긴 성적 취향과 욕망을 보고 질려버리는 케이스도 몇 번 본 적이 있지.

약간 노출도가 높은 점과 모에 쪽으로 편중된 그림인 점이 마이너스 포인트인 걸까?

하지만 노출도가 높은 것은 공식 설정이니까 어쩔 수 없잖아!

"그런데 토모. 실물이 곁에 있는데 일부러 그림으로 그려서 므흐흐한 데다 쓰려고 하다니, 너무 2차원에 빠져 사는 거 아냐?"

"그딴 데다 쓸 리가 없잖아, 이 바보야! 그리고 2차원 성인물은 미성년자가 접해도 된다고 진짜로 생각하는 거냐?!"

"아, 그거 때문에 화난 거야?"

다들 미디어별로 설정된 연령 제한을 철저하고 지킨다고!

미소녀 업계의 건전한 발전을 위해서 말이야!

"그런데~ 토모, 너 슬슬 그런 거 졸업하는 게 어때?"

"참견하지 마."

미치루는 그 후에도 모에 캐릭터화된 자신이 신경 쓰이는 지 "우와~."나 "햐아~." 같은 소리를 내면서 PC 앞에 진을 치고 있었다.

……결국 나는 오늘도 집에서 일하지 못할 것 같군.

"집에 틀어박혀서 애니메이션이나 게임이나 하지 말고~ 집 밖으로 나가라구. 사람들과 접점을 만들란 말이야!"

"네가 옛날 옛적에 잘나가던 록스타냐."

이렇게 오타쿠 일러스트를 즐기면서도 입으로는 오타쿠 를 부정해대는 미치루를 이해할 수가 없었다.

"미안하지만 미치루. 나는 오타쿠이기는 해도 친구 숫자 만이라면 그 어떤 미남에게도 뒤지지 않아."

"하지만 여친은?"

"지금은 여자들이나 신경 쓰고 있을 때가 아니라고!"

여름 전에는 연상의 흑발 미녀를, 여름 방학 때는 동갑내 기 금발 미소녀를 신경 써댔던 것 같은 느낌이 들지만, 일 단 그건 제쳐두기로 하고…….

"게다가 나에게는 꿈이 있어. 그것을 실현할 때까지는 오 타쿠를 졸업할 수 없어."

"흐음~ 어떤 꿈인데?"

"잘 물었어……. 그건 말이야. 내가 마음속에 그려왔던 최강의 미소녀 게임을 완성하는 거다아아앗!!!"

"뭐……."

나의 황당무계하면서도 마음속 깊은 곳에서 우러나온 진심 어린 말 때문일까…….

어느새 미치루의 시선은 PC 화면이 아니라 내 얼굴을 향하고 있었다.

그녀의 표정은 진지했으며, 방금 내가 한 말을 어떻게 받아들일지 진심으로 고민하고 있는 것 같았다.

그래서 나도 미치루의 진지함에 답하기 위해 그녀를 직시했다. 우리 둘은 같은 표정을 지은 채 한동안 아무 말 없이 서로를 응시했다.

그리고 음미하고 음미한 미치루의 말이 그녀의 입에서 흘러나왔―.

"……미소녀 게임 업계에는 미래가 없다는 이야기를 들은 적 있는데 말이야."

"그렇지 않아!"

한순간 심장이 멎었다. 아니, 과장이 아니라 진짜로 말이다.

"어차피 그쪽에서 일할 생각은 없지? 장래를 좀 생각해. 취미만으로 세상을 살아갈 수는 없단 말이야."

"네네네네가 무슨 내 엄마냐?!"

"고모가 아무 말도 하지 않는 거야? 1년 안에 진로를 결정해야 하잖아."

그러고 보니 이 녀석은 부모님에게 불량소녀 취급 당하기는 해도, 옛날부터 나나 자신보다 어린 친척들을 잘 돌봐줬었지⋯⋯.

그건 그렇고, 나는 왜 가출 소녀에게 설교를 듣고 있는 거지?

※　※　※

"흐으으으으으응~."

나는 뜨거운 물로 샤워 하면서 방금 미치루와 나눈 대화를 떠올렸다.

『나, 샤워 좀 하고 올게⋯⋯. 지난번처럼 멋대로 들어오지 마.』

『그럼 30분 안에 나와. 보고 싶은 방송이 있으니까 딱 아홉 시가 되면 욕실에 들어갈 거야.』

『뭐⋯⋯.』

아, 아니, 그게 아니라⋯⋯.

아니, 이쪽도 주의해야 하기는 했다. 그 녀석이라면 내가 샤워 중이더라도 망설임 없이 난입하고도 남으니까 말이다. 그러고 보니 중1 때까지는 그랬다.

뭐, 아무튼 지금 생각해야 할 것은 그 녀석의 폭거에 대해서다.

하나, 남의 집에 얹혀살고 있는 주제에 제집마냥 행동하는 저 언동.

둘, 한지붕 아래에서 사는 사춘기 남자애를 전혀 배려하지 않는 저 태도.

셋, 걱정되어서 그러는 건 알지만, 내가 오타쿠를 관두게 하려는 저 괜한 참견.

이제 인내심이 한계에 이르렀다……. 이대로 있다간 내 꿈에 적신호가 켜질 것이다.

안 그래도 스크립트 작업을 막 시작한 데다 음악 쪽은 손도 안 댄 상태라 황신호가 켜져 있는 상황인데 말이다.

이 상황에서 서클 대표인 내가 담당한 작업이 밀려버리면, 그렇게 열심히 나를 도와주고 필사적으로 나를 방해하지 않으려 하는 멤버들을 볼 면목이 없다.

"……좋아!"

기합을 넣은 나는 힘차게 샤워기를 잠갔다.

이번 주말, 미치루에게는 비밀로 하고 효도 삼촌을 만나러 가자.

그리고 내 힘든 상황을 솔직하게 밝혀서, 효도 가의 문제를 효도가 안에서 해결해달라고 하자.

삼촌과 숙모가 난처한 표정을 지을지도 모르지만.

미치루에게 『배신자~!』 소리를 들을지도 모르지만.

그래도 나는 내 꿈을 소중히 여기고 싶다.

설령 그것이 사촌의 꿈을 짓밟아야만 하는 선택일지라도…….

그렇게 결의를 다진 나는 욕실 문을 향해 손을 뻗은 후…….

"좋아. 아무도 없지? 지금이다!"

왜 자기 집 욕실에서 이렇게 조심조심 행동해야 하는 걸까 생각하면서, 수건으로 하반신을 가리고 욕실에서 나왔다.

※　※　※

"어라……?"

세면장에서 서둘러 몸을 닦고 잠옷을 입은 후, 방으로 돌아가기 위해 계단을 올라가던 바로 그때…….

귀에 익지 않은 소리가 들려왔다.

"그 녀석, 그렇게 내가 앰프에 연결하지 말라고 했는데……!"

현재 집에 있는 이는 나와 미치루뿐이다.

그러니 이 멜로디는 2층에 있는 내 방에서 흘러나오는 것이 분명했다.

게다가 평소처럼 현을 뜯는 단조롭고 작은 소리가 아니었다.

앰프를 통해 흘러나오는 복잡하면서도 섬세한, 그러면서도 음량이 큰 일렉트릭 기타의 선율이었다.

"젠장."

나는 혀를 차면서 서둘러 계단을 올라갔다.

더는 참을 수 없다. 지금 바로 쫓아내 주겠다.

이제 좀 작작 해라. 대체 사람을 얼마나 휘둘러대야 직성이 풀리는 거냐.

뭐가 밴드냐. 뭐가 라이브냐. 뭐가 꿈이냐.

이런, 그저 시끄러울 뿐인 잡음이나 연주하는 녀석이…….

"……어?"

그 선율은, 마치 벚꽃이 흩날리는 언덕길을 걷는 소녀처럼.

한여름의 나무가, 매미의 울음소리로 물들어 가는 것처럼.

가을 하늘에, 높고 깊고 덧없고 상냥하게 빨려 들어가는 것처럼.

겨울의 정원이, 하늘에서 내린 눈을 상냥하게 받아들여 주는 것처럼.

자유자재로 소리를 바꾸고, 색깔을 바꾸고, 정경을 바꾸며…….

내 귀를, 희롱했다.

안하무인에, 노골적이며, 쓸데없는 참견만 일삼던 저 소리가 말이다.

※　※　※

"토, 토모……?"

"……."

15분 후.

내가 천천히 방문을 연 순간.

침대 위에서 정말 즐겁게 기타를 연주하고 있던 미치루와 시선이 마주쳤다.

"아, 아아~! 으음, 이건, 그러니까……."

그리고 다음 순간, 미치루는 그녀답지 않게 꽤나 당황하고 말았다.

"아니, 때로는 앰프로 소리를 들어줘야 하거든~. 헤드폰만으로는 자신이 자아내는 소리가 남들에게 어떻게 들리는지 알 수 없단 말이야~."

아무래도 나뿐만 아니라 이웃사촌들에게도 폐를 끼치는 것에 대해서는 부담감을 느끼는 것 같았다.

"……화났어?"

그녀의 눈빛은 평소보다 비굴했고, 여렸으며, 약간의 애

교가 섞여 있었다.

"미치루……."

하지만 나는 미치루의 그런 태도도, 말도, 머릿속에 들어
오지 않았다.

그저, 자신의 꿈만을 최우선으로 생각했다.

"나와 함께 최강의 미소녀 게임을 만들지 않겠어?"

"…………뭐?"

물론 그녀는 질린 듯한 표정을 지었다.

제4장

일주일 만에 스크립트를 터득하는 건
불가능하거든요?

"자아, 앞에 있는 애가 우리 서클의 원화 담당인 사와무라 에리리, 그리고 안쪽에 있는 사람이 시나리오 담당인 카스미가오카 우타하 선배."

"······."

"······."

늦더위가 꽤 사그라지고 햇볕과 바람이 절묘한 균형을 유지하고 있는 기분 좋은 한 낮의 일요일.

"그리고 이쪽이 음악 담당인 효도 미치루."

"······."

그런 따뜻한 햇살과 창문 하나를 사이에 두고 있는 내 방에는 평소보다 배는 많은 인원들로 북적거리고 있었다.

"그럼 이제 젊은 사람들끼리····· 아니지, 여자애들끼리 환담이라도 나눌 수 있도록 방해꾼은 이쯤에서 퇴장—."

"그런데, 토모. 이게 대체 어떻게 된 거야?"

"그건 내가 할 말 아닐까? 윤리 군."

"우와……."

이렇게 날씨 좋은 날에 이곳을 찾아주신 여러분들의 밝은 미래를…… 같은 인사치레 같은 것은 도저히 입에 담을 수 없을 만큼 날 선 분위기와 목소리가 방 안에 울려 퍼졌다.

아무래도 오늘 미팅은 화창한 날씨와는 달리, 폭풍 전야처럼 방심을 허락하지 않는 상황이 벌어질 듯한 예감이 들었다.

"그, 그러니까 말이에요. 내가 설명했었죠? 오늘 새롭게 정해진 음악 담당과 첫 대면을 겸한 진척 미팅을 할 거라고요."

"그런 이야기를 듣기는 했어. 하지만 나는 납득은 고사하고 이해도 하지 않았거든?"

우타하 선배는 안정적인 냉온정지(冷溫停止) 상태였다.

"그 이전에 『새롭게 정해진』이니 『음악 담당』 같은 소리를 멋대로 하다 자폭하지 말라구, 토모."

미치루는 필살의 내던지기 저면 스플렉스를 감행하듯 대화 자체를 내팽개쳤다.

"토, 『토모』……? 어릴 적부터 써와서 입에 익은 듯한 저 별명은 뭐야? 『윤리 군』처럼 나중에 억지로 붙인 것 같은 느낌이 전혀 들지 않아……."

그리고 에리리는…… 나가버린 정신이 돌아올 기색을 전

혀 보이지 않고 있었다.

뭐, 아무튼 중앙에 놓인 테이블 앞에 앉아 의미심장한 눈빛으로 맞은편에 있는 사람을 노려…… 바라보고 있는 에리리와 우타하 선배.

그리고 그 강렬한 시선을 제대로 받아내지 못하고 있는 이가, 침대에 등을 맡긴 채 바닥에 앉아 있는 나.

그리고 그런 내 뒤편에 있는 침대에 평소처럼 양반다리를 하고 앉아 험악한 눈빛으로 손님들을 맞이하고 있는 미치루.

하지만 오늘의 미치루에게 있어 문제가 되는 점은 자세와 눈빛만이다. 즉, 가장 문제시되었던 복장 부분은 개선이 된 것이다.

노브래지어라는 사실을 알 수 있을 만큼 얇고 배꼽이 훤히 드러나던 탱크톱이 아니라, 어깨와 배를 가려주는 반소매 셔츠.

그리고 엉덩이를 제대로 가려주기는 하는지 의심스럽던 쇼트 팬츠가 아니라, 무릎까지 가려주는 반바지를 입고 있었다.

일단 저렇게 입혀두면 노출도 관련 소동은 피할 수 있을 거라고 판단한 나의 용의주도한 정치 공작―.

"그런데 토모. 모처럼 사줬는데 이런 소리 해서 미안하지만, 역시 이 옷 갑갑하거든? 갈아입어도 돼?"

"미치루?!"

"……저게 무슨 말이야? 윤리 군."

─은 당사자가 박살 내버렸다.

"사, 사복까지 사주다니…… 완전 가족으로 받아들이고 있는 듯한 상황이잖아. 조공만 해대지 리턴이 없는 어느 불쌍한 연상녀와는 하늘과 땅 차이야……."

"사와무라 양. 자신의 패배감에서 도피하기 위해서라고 해도, 방금 그건 좀 억지 아냐?"

아~ 저쪽은 내 손이 닿지 않는 영역까지 가버렸으니 그냥 생각하지도 말아야지.

"오래 기다렸어~. 마실 거랑 먹을 걸 준비해 왔어."

"카, 카토……."

그런 일촉즉발…… 아니, 모이자마자 『자, 해산~.』 같은 분위기가 된 순간, 이 날 선 분위기를 전혀 파악하지 못한 듯한 멍한 목소리가 들려왔다.

그렇다. 그녀야말로 『blessing software』의 최종 병기, 즉 다섯 번째 멤버인 카토 메구미.

아, 가입 순서 자체는 나 다음인 두 번째지만 말이다.

참고로 말하자면 멤버가 다섯 명으로 늘어난다는 보장도 아직 없었다.

"흐음, 이 사람이 아키 군의 사촌이구나?"

"아, 응. 이 녀석이 효도 미치루야. 앞으로 잘 부탁할게."

아무튼 지금 이 상황에서는 카토의 평범함, 따분함, 유별난 구석 없음…… 아니, 일반적인 사교성을 지녔다는 점이 크게 도움이 되었다.

사교성이 얼마나 넘치느냐면, 우리 집에 도착하자마자 부엌에 가서 접대 준비를 시작했을 정도다.

카토 너, 우리 집을 꽤나 자유자재로 이용하게 된 것 같네…….

뭐, 그래도 적의를 마구 드러내고 있던 두 사람의 독기가 단숨에 빠져 나간 것도 카토의 멍함이 전염된 덕분이리라.

그러니 카토에게는 아무리 감사해도 모자랄 지경이다.

"흐음, 아키 군에게 듣기는 했지만 정말 키가 크네. 몸매도 좋구."

"아, 아니, 그렇지는…… 그래?"

그리고 미치루도 그런 카토의 「평범한」 사교 멘트 덕분에 방금까지와는 달리 부드러운 태도를 취했다.

으음, 뭐, 하긴, 상대가 적의를 드러내지 않는다면 보통은 저런 태도를 취할 것이다.

"마, 맞아, 미치루. 저 애가 우리 서클의…… 으음……."

"카토 메구미라고 해. 잘 부탁해, 효도 양."

"아~ 그렇구나……. 네가 토모의 애인이지? 나도 잘 부탁해~."

"어? 어라?"

"…………윤리 군."

"…………대체 뭘 어떻게 설명한 거야, 토모야."

"오, 오해야! 저, 저 녀석이 잘못 들은 것뿐이라고!"

그렇다. 나는 카토를 우리 서클의 『히로인』이라고 설명했을 뿐이다.

그런데 미치루가 멋대로 『히로인』을 『애인』으로 자동 변환한 것이다.

……뭐, 알고 지내는 여자애를 『히로인』이라고 부르는 녀석은 나밖에 못 봤으니 그것도 무리는 아니겠지만 말이다.

※　※　※

【세이지】「왠지 좀 그리운 느낌이 들어……. 처음 와본 마을인데 말이야.」

【메구리】「기분 탓일 거야. 딱히 인상에 남을 만한 건 하나도 없는 마을이잖아.」

【세이지】「그렇지 않아! 이런 느낌, 지금까지 한 번도 받아본 적이 없어.」

【메구리】「그래? 뭐, 그런 건 사람마다 다 다를 테니까 딱

히 부정할 생각은 없어.」

【세이지】「그러니까 예를 들자면 말이야. 이 만남도」

【통행인】「치쿠와다이묘진.」

【세이지】「운명 속의 하나의 흐름이라고 생각할 수 있지 않을까?」

【메구리】「아니, 전혀, 눈곱만큼도.」

【세이지】「방금 그 사람 누구야?」

"……아키 군. 왠지 앞뒤가 맞지 않는 대사가 끼어 있어."
"아, 그래? 버그인가? 일단 디버그 시트에 적어놔."
관계자 전원이 모여 오늘의 의제에 대해 뜨거운 논쟁을 시작하려 하는 가운데…….
평소와 마찬가지로 대화에 참가할 생각이 전혀 없는 카토는 오늘도 모 최신작 미소녀 게임을 한창 플레이 중이었다.
"그건 그렇고 의외로 플레이가 제대로 되네. 대단해, 아키 군."

그렇다. 최신작이다……. 내가 짠 스크립트를 테스트 플레이하고 있으니까 말이다.

"뭐, 교본 상권에 실린 기능은 대부분 마스터했거든."

"……그 두꺼운 책에 실린 걸? 전부?"

"필요한 부분은 얼추 말이야. 하지만 하권은 아직 손도 못 댔어."

이런 식으로 PC 앞은 평소의 서클 활동과 딱히 다르지 않은 분위기가 흐르고 있었다.

하지만 이곳은 이 방 안에서 볼 때 사막 안의 오아시스나 다름없다.

혹은 흡연자들에게 있어서의 흡연 스페이스다.

즉, 괴로운 현실로부터의 한정된 도피처인 것이다.

그것도 그럴 것이, 이곳에서 한 걸음만 벗어나면…….

"……왜 토모 주위에는 하필 이런 오타쿠 여자들만 모여 있는 거야?"

"우리는 해야 할 일을 한 후 취미에 시간을 할애하고 있는 거야. 적어도 당신처럼 학교를 빼먹거나 가출해서 부모에게 폐를 끼치지는 않아."

"히익?!"

봐. 엄청 살벌하지?

"그 이전에, 너희는 엄청 잘나간다면서? 그럼 이런 약소 서클에서 활동할 필요 없잖아. 왜 일부러 토모를 끌어들인 거야?"

"아무래도 치명적일 정도로 잘못된 인식을 가지고 있는 것 같으니 사실을 말해줄게. 우리가 윤리 군을 끌어들인 게 아니라, 윤리 군이 우리를 끌어들였어. ……정말 『가까운 이웃은 먼 친척보다 낫다』는 말을 그대로 증명하는 것 같은 사촌이네."

"뭐……."

"그리고 당신. 가출해서 찾아온 친척 집 남자애가 자신이 용납할 수 없는 인생을 살고 있는 게 마음에 들지 않아서 난리법석을 떠는 걸로만 보여. 정말 어른스럽지 못하네."

"뭐, 뭐, 뭐……."

여기까지는 "아니, 우타하 선배도 충분히 어른스럽지 못한 것 같은데요……." 하고 딴죽을 날리고 싶을 정도로 말싸움…… 아니, 토론에서는 선배가 압도적으로 유리했다.

하지만…….

"토모~. 이 사람이 나를 괴롭혀~."

"먼저 싸움을 건 사람은 바로 너잖아. 그리고 우타하 선배는 저래 봬도 꽤 봐주고 있는 거라고."

"잠깐만. 윤리 군, 당신은 대체 누구 편이야?"

"예? 아니, 그게……."

"그야 당연히 친척 편…… 아앗~!"

"미, 미치루, 왜 그래?"

"말도 안 돼~. 몽블랑, 내가 노리고 있었는데! 토모, 왜 혼자서 먹는 거야!"

"아니, 한 사람당 하나씩인 데다, 너는 딸기 쇼트케이크를 먹고 있잖아."

"둘 다 먹을 생각이었는데~ 반 내놔~!"

"아~ 반 내놓으라면서 밤을 통째로 다 가져가지 말라고!"

"알았어, 알았어. 자, 딸기 쇼트케이크 반 줄게. 아~."

"이미 딸기를 먹어 치워놓고 무슨 소리 하는 거야! 이래서는 단순한 쇼트케이크…… 어?"

"…………으!"

진심으로 언짢은 표정을 짓고 있는 이는 방금 상대를 완전히 박살 내버린 쪽이었고…….

우타하

"아, 아, 아아아아아……."

폐인처럼 망연자실한 표정을 짓고 있는 이는 조금 전부터 논의에 전혀 참가하지 않고 있는 쪽이었다.

에리리

"저, 저기…… 두 분?"

"헤헷~ 잘 먹겠습니당~."

"앗, 어이, 미치루…… 인마, 슬슬 떨어져."

그리고 내 등에 몸을 댄 채 남이 먹던 케이크를 강탈하면서 행복한 표정을 짓고 있는 건 방금 완전히 박살 났던 쪽

미치루

이라는 모순.

결국 말다툼…… 아니, 논의의 승패는 역시 아무런 의미도 없구나.

"당신들…… 장소를 좀 가리는 게 어때?"

아아, 뭐랄까 선배가 다리를 덜덜 떨어대기 시작했다…….

"장소? ……여기는 토모의 집인데?"

"맞아. 윤리 군의 집이야……. 당신의 집이 아니란 말이야."

"하지만 고모와 고모부의 허락을 받았으니 내 집이라고도 할 수 있어."

"매사에 그런 과도한 스킨십을 할 필요가 있는지부터 의문이야. 그냥 말하면 나눠줬을 텐데 말이야."

"사촌 사이니까 딱히 문제 될 건 없잖아. 그리고 할머니 집에서는 간식이 나오면 레슬링을 해서 3초 폴승을 거둔 쪽이 독차지하는 룰이었다구~."

"아, 아니…… 중학생 때까지만 그랬었잖아."

"맞아 맞아. 그때부터 토모가 묘하게 부끄러움을 타기 시작했어~. 목욕도 중2 때부터는 따로 하게 됐잖아."

"미치루, 그 말은?!"

나는 허둥지둥 그녀의 말을 막으려 했지만 한발 늦고 말았다…….

"……그래. 아무래도 괜한 소리를 한 것 같네. 미안해, 아동 포르노 금지 군.”

“잠깐, 그게 무슨 소리예요?!”

선배가 다리를 심하게 떨어댄 탓에 테이블 전체가 흔들리기 시작했다. ……대체 얼마나 짜증이 난 겁니까요.

“아, 아하, 아하하…….”

에리리까지 덩달아 부들부들 떨기 시작했다……. 이 녀석, 오늘은 정말 아무 짝에도 쓸모없을지도 모르겠는걸.

※　※　※

“어이, 부탁이야 미치루. 진짜 몇 곡만 만들어주면 돼……. 그리고 연주 데이터 입력이랑 BGM 지정이랑, 하는 김에 주제가도 겸사겸사 너희 밴드와 제휴해서…… 아야야 야야야.”

“그~러~니~까~ 나는 오타쿠 활동에 흥미가 없다고 말했잖아!”

내 끈질긴…… 성심성의를 다한 권유를 미치루는 여전히 헤드록으로 흘려버렸다.

“그러고 보니, 윤리 군은 뭔가를 부탁할 때 누구한테나 무례하기 그지없네 같은 방식을 쓰네.”

그리고 우타하 선배는 여전히 도움의 손길을 내밀어주지 않았다.

뭐, 미치루가 우타하 선배의 이상한 참견에 반응하지 않게 됐으니 일보 전진⋯⋯은 했다고 생각해도 되려나?

"하지만 너, 그렇게 멋진 곡을 만드는 재능이 있으면서 이대로 안 쓰고 묵혀버리는 게 아깝지 않은 거야?"

"그러니까 그 재능은 밴드에서 마음껏 펼치고 있다구. 이제 와서 게임 음악 같은 거에 양다리를 걸칠 필요가 없단 말이야."

"그렇지 않아! 게임 음악의 감성을 밴드 쪽에 피드백하거나, 그 반대도 가능하잖아? 음악의 폭이 넓어질 거야!"

"아마추어가 아는 척하지 마!"

"그리고 한쪽 장르에서 벽에 부딪혔을 때 현실 도피 할 구멍이 될 거야!"

"왠지 양쪽 장르에서 다 망해버리는 미래만 머릿속에 떠오르는걸~!"

"걱정하지 마! 미치루라면 할 수 있어." 꺼쩡아지 마! 미찌루 항복 항복 항복!

헤드록은 어느새 슬리퍼 홀드로 바뀌었다.

나는 내 목을 조르는 미치루의 팔을 억지로 떼어낸 후, 탈해서 말을 이었다.

"너는 지금까지 뭐든 다 잘했잖아! 수박 겉핥기식으로 조금만 배워도 나를 금방 제쳐버렸잖아!"

나가노의 본가에 있는 커다란 정원에서는 매년 수제 농구 골대나 테니스 코트나 배구 코트가 설치되고, 매년 한 남자애가 동갑 여자애에게 완패하며, 그 설비들이 다음 해에 장식물로 변하는 역사가 반복되고 있었다.

……뭔가 하나라도 전심전력을 다해 판다면 이 녀석은……!

"나는 어릴 적부터 그런 너를 동경해왔다고!"

"토모……."

무엇으로도 이길 수 없는 사촌을 질투했고, 뭐든 금방 질려서 관두는 사촌에게 안달복달했으며, 또 다른 세계에서 빛나고 있는 사촌을 보고 어이없어하면서도 선망 어린 눈길을 보냈다.

그런, 어릴 적부터 내 마음속에 존재했던 속내를, 지금은 솔직하게 털어놓을 수밖에 없었다.

"……왜 항상 우리가 보는 앞에서 다른 여자를 꼬시는 걸까?"

"……나, 돌아갈래."

"어라?"

솔직하게 털어놓는 것은 가능해도, 전 방위를 커버하는 것은 어렵네.

"두 사람 다 한 번이라도 좋으니까 미치루의 기타를 들어줘. 분명 영감이 끓어오를 거야!"

"그러는 윤리 군도 아직 한 번밖에 듣지 않았잖아? 대체 저 애 음악의 어디에 그렇게 끌린 거야?"

"그건…… 아무튼 정말 엄청나! 아니, 그립다는 느낌이 든다고!"

그렇다. 처음 그녀의 곡을 들었을 때 떠오른 것은 그리움이었다.

예를 들자면 미소녀 게임이 10만 패키지나 팔리고 애니메이션의 일대 공급원이었던 시절의, 약간 거품이 낀 듯하면서도 조금 센티멘털한 시대의 향기를 느끼게 해주는 느낌이다.

벚꽃과 외딴섬, 저녁노을과 쓰르라미, 해안과 새, 눈과 나무, 추억과 교통사고…… 아니, 마지막 건 일단 제쳐두자. 아무튼 그런 고전 명작들의 장면들이 차례차례, 그것도 기타 솔로만이 아니라 오르골 어레인지까지 자아내면서 되살아났다.

그러니 원래 이런 방향성을 추구하고 있던 우리의 게임과는 무지막지하게 상성이 좋을 것이다.

이 세 사람의, 그림과 시나리오와 음악이 하나가 된 순간, 대체 무슨 일이 일어날까…….

나는 그것이 보고 싶었다.

"……내 음악을 오타쿠가 이해할 리가 없어."

"자, 해산하자."

"더 이야기할 필요 없어, 토모야."

"그러니까 좀 기다려보라니까 그러네!"

이야기와 그림과 음악이 어떻게 될지는 보고 싶어…… 본인들의 관계가 어떻게 될지는 전혀 관심 없다고.

"그렇지 않아, 미치루. 나는 네 음악을 듣고 무지 감동했었다고!"

"그건 토모의 몸 안에 비(非) 오타쿠의 피가 잠들어 있기 때문이야."

"그렇게 치면 에리리는 미술부의 에이스이자 슈퍼 상류층 아가씨라고. 우타하 선배는 만년 전교 1등인 우등생이야. 나 같은 것보다 훨씬 리얼충에 가깝다고!"

"그것보다 토모, 너는 대체 어느 쪽 편이야?!"

"뻔하잖아! 나는 이 자리에 있는 모든 이들의 신자(信者)라고!"

"뭐~?"

"……."

"……."

그리고 잠시 침묵이 이어진 후…….

"이제 포기해, 윤리 군."

"맞아, 토모야. 흥미 없는 인간을 억지로 끌어들여 봤자 서로가 불행해질 뿐이야."

두 사람은 약간 어이없어하면서도 개운해하고 있는 듯한, 그런 상냥한 표정을 지었다.

"하, 하지만……."

"하지만, 서클에 들어오기 전에는 아무도 게임 제작 같은 것에는 흥미 없었잖아?"

"카토?"

그리고 의외의 방향에서 날카로운 지적이 날아왔다.

"아, 혹시 두 사람 다 흥미 없는 척했던 것뿐이었던 걸까? 지금 이렇게 열정적으로 만드는 걸 보면 진짜로 그런 걸지도 모르겠네."

"……잠깐, 카토 양."

"너야말로 대체 누군 편인 거야?"

지금까지 아무 말 없이 테스트 플레이를 하고 있던 카토가 어느새 우리 세 사람의 중심에 있었다.

"저기, 아키 군. 여기 말이야. 캐릭터의 얼굴이 이상해."

"응? 어디 어디."

그러자 불가사의하게도 조금 전까지의 험악했던 분위기가 잦아들더니, 카토의 주위에 사람으로 된 원…… 서클이 생겼다.

"이거 봐. 얼굴이 지우개로 민 것처럼 없어."

"우왓! 이 기분 나쁜 스탠딩 CG는 뭐야?!"

"토모야. 너 표정 파츠의 사이즈를 잘못 입력했잖아. 줌 아웃 캐릭터용 표정을 줌인된 캐릭터의 얼굴에 붙였어."

"유심히 보니 얼굴 한가운데에 엄청 작은 표정 파츠가 붙어 있네. 너무 괴기스러워서 제대로 쳐다보기도 힘들지만 말이야."

분위기 파악 못 한 카토의 버그 보고 덕분에 방 안의 분위기가 변했다.

방과 후 시청각실의, 고함과 독설을 들으면서도 묘하게 즐겁고 기쁜 시간으로 말이다.

여전히 중심에 있는 카토는 이러쿵저러쿵하면서도 도움이 되는 소리는 전혀 하지 않는다.

하지만, 아니, 그렇기 때문에…….

이 서클의, 그리고 이 게임의, 그리고 나의 메인 히로인은 이런 중요한 시기에 숨기고 있던 빛을 뿜어내는 것이 아닐까 하고 요즘 들어 생각하게 되었다.

뭐, 메인 히로인이 그런 포지션인 건 좀 문제가 있을지도 모른다는 생각이 들지 않는 것은 아니지만…….

"……흥."

"그만해, 미치루."

이렇게 좋은 이야기 같은 느낌으로 끝내려는 와중에도, 내 등에는 좀 전부터 토킥(toe kick)이 몇 번이나 작렬하고 있었다.

※　※　※

"아아~ 정말! 대체 어떻게 책임질 거야! 이 녀석이 오타쿠가 된 건 전부 너희 때문이지?"

"글쎄? 내가 만났을 때는 이미 완벽하게 짜증 나는 오타쿠가 되어 있었어."

"으음, 나는 순도 100% 피해자라고 가슴을 펴고 당당하게 말할 수 있는데?"

"그, 그래, 나야! 토모야를 이쪽 세계로 끌어들인 건 나랑 우리 아빠랑 우리 엄마야!"

"……사와무라 양, 왜 그렇게 기뻐하는 거야?"

우리 멤버들이 원래 페이스를 되찾자, 이번에는 내 사촌이 평소 페이스를 잃기 시작했다.

"어릴 적에는 정말 귀엽고 순수했는데!"

"이제 와서 그런 옛날이야기를 해봤자……"

"응응. 맞아 맞아. 이 녀석의 입학식 때 모습은 아직도 기억하고 있어."

"……사와무라 양?"

"어디를 가더라도 "밋짱 같이 가~."라고 외치면서 따라왔었어."

"그, 그랬구나……. 나는 따라가는 편이었어."

"잠깐, 사와무라 양."

"그래도 남자애는 남자애였어……. 여차할 때는 도움이

됐거든!"

"아…… 맞아."

"지금은 볼을 붉히면서 그 말에 공감하고 있을 때가 아
냐, 사와무라 양."

그녀들의 대화는 어느새 서클 활동도, 게임 제작도, 오타
쿠 시시비도 아닌, 옛날이야기를 주제로 한 단순한 걸즈
토크로 변했다.

가장 먼저 이 흐름에서 이탈한 이는 이 옛날이야기의 당
사자로서 마구 능욕 당하고 있는 나였다.

그 뒤를 이어 내 유소년기에 그다지 관심이 없는 카토가
다시 테스트 플레이를 시작했다.

이럴 때 카토의 담담함이 여신의 미소처럼 보이는 것은,
분명 호의적인 시선은 아니리라.

"어릴 적 여름에 있었던 일이야……. 항상 내 뒤를 쫓아다
니는 토모가 귀찮아져서 혼자서 산에 올라갔어. 그러다 운
나쁘게도 낭떠러지에서 다리를 삐어서 걸을 수 없게 됐어."

"어, 정말 큰일이었겠네."

"그래. 산에서는 해가 빨리 지잖이? 어둑어둑한 숲 속에
서 듣는 까마귀 울음소리가 정말 불길했고, 숲 속을 날아
다니는 박쥐도 정말 무서웠어."

"우, 우와아……."

그 즈음에서 질려버렸는지 "더는 못 어울려주겠네."라고

말하는 듯한 제스처를 취한 우타하 선배는 남은 두 사람에게 관심을 끊고 독서를 시작했다.

"도와달라고 고함을 지르기는커녕 울음소리도 제대로 못 내면서 떨고 있을 때…… 눈앞에 있는 수풀이 부스럭거리기 시작한 거야!"

"서, 설마, 곰이나 멧돼지……?"

"……토모였어. 팔이랑 다리, 얼굴이 상처투성이가 되어 있더라구……. 나를 찾기 위해 산속을 필사적으로 돌아다닌 거야."

"으……."

"그 후, 토모에게 업혀 산에서 내려왔어……."

"어, 업혀……?!"

"당시에는 나보다 키도 작았으면서 우는소리 한번 안 했어……. 거꾸로 내가 울음을 터뜨렸지. 할아버지 집에 도착할 때까지 엉엉 울어댔어……."

"그, 그게 몇 살 때 일이야……?"

"아~ 그때 일을 떠올렸더니 왠지 화가 나네~! 내 우는 모습을 보여준 건 그때가 처음이자 마지막이잖아! 어이, 토모!"

"그게 몇 살 때 일이었던 거야? 어느 쪽이 먼저였던 거야, 토모야!"

"안 들려, 안 들려, 안 들립니다요!"

극도로 짜증 나는 방향으로 더욱 열기를 띠려 한 순간…….

"아……."

카토가 또 절묘한 타이밍에 찬물을 끼얹었다.

"카, 카토, 왜 그래? 또 버그가 발생한 거야?"

그래서 나는 또 카토를 이용해 이 위기를 벗어나려다—.

"컴퓨터가 작동하지를 않아."

"뭐?"

—무지막지하게 불길한 말을 들었다.

"언 인스톨 커맨드를 시험해봤더니, 갑자기 화면이 새파란 색으로 변했어."

"뭐……?"

나중에 조사해봤더니, 게임 데이터를 언 인스톨했는데 어찌된 영문인지 C드라이브의 데이터가 전부 삭제됐다.

C드라이브를 복구하는 데 사흘이나 걸렸다.

제5장

배경 돌려쓰기는 게임을 제작하는 데
있어서 꼭 필요한 기술입니다

"으음~ 역시……."

기타와 앰프에 침식당하고, 가전제품과 오타쿠 굿즈가 선주권(先住權)을 주장하며, 복구를 위해 분해한 PC의 부품이 바닥에 흩어져 있는 내 방.

뭐가 어디에 있는지 알 수 없는 마굴에서는 지난주까지만해도 이 근처에 있던 물건조차도 제대로 발굴할 수 없는 상황이 벌어지고 말았다…….

"토모, 욕실 비었어…… 어? 뭐 하고 있는 거야?"

"물건 찾기."

이렇게 좁은 공간을 마굴로 만드는 데 일조한 원흉이 평소처럼 자기 방에라도 들어오는 듯한 얼굴로 내 방으로 들어왔다.

손님방을 준비해줬는데도 내 부모님에게 폐를 끼치기 싫은 건지 잘 때 외에는 그 방을 이용하지 않았다.

가능하면 이 방의 주인에게도 폐를 끼치지 말아줬으면 좋겠지만…… 이런 것도 집 안 호랑이라고 할 수 있는 걸까?

"흐음…… 도와줘?"

"됐어. 방금 목욕하고 나왔는데 또 먼지 뒤집어쓸…… 너 대체 뭐 하는 거야?!"

"응~? 딱히 아무 짓도 안 했는데?"

"내가 지적하고 있는 건 지금의 네 행동이 아니라, 잠옷으로 그 옷을 선택한, 욕실에 들어가기 전의 네 판단이야!"

정말, 뭐랄까, 이 녀석의 나에 대한 무방비한 태도는 도가 지나쳤다.

그것도 그럴 것이 미치루의 현재 복장은…….

"이야~ 그게 말이야. 평소에 입는 옷을 전부 조금 전에 세탁해버린 바람에 남은 옷이라고는 교복뿐이더라구~."

"그럼 전부 다 입어! 어중간하게 일부만 입지 말란 말이다!"

"싫어. 막 욕실에서 나와서 덥단 말이야."

그렇다. 미치루는 평소처럼 탱크톱에 쇼트 팬츠 차림이 아니라 교복을 입고 있었다.

교복은 교복이더라도 상의와 치마와 넥타이를 생략하고, 흰색 와이셔츠만 장비하고 있지만 말이다!

"네 옷 사서 저쪽에 놔뒀으니까 입어! 나는 나가 있을게!"

하지만 이런 일도 있을까 싶어서(실은 있어서는 안 되지만) 사전에 대책을 마련해둔 나의 위기관리 능력도 상당하다고 스스로도 생각했다.

아니, 요즘 들어서는 다방면에서 위기 상황에 처해 있다고 할 수 있었다.

"이야~ 고마워, 토모. 이 답례는 나중에 꼭 할게."

"부탁이니까 현금으로 해줘……."

예를 들자면 요즘 들어 내 대부분의 용돈은 미치루의 복장 비용으로 사라지고 있었다.

이대로 있다간 게임 제작은 음악 담당이 결정되기 전에 예산 부족으로 중단되고 말 것이다…….

※　※　※

"좋아. 제대로 입었네."

알몸 와이셔츠…… 아니, 어중간한 교복 차림인 미치루를 방에 둔 후, 이런저런 의미에서 몸을 식히기 위해 미지근한 물로 10분 이상 샤워를 했다.

그리고 머뭇거리면서 방으로 돌아가 보니, 미치루의 노출도는 그제야 직시할 수 있는 수준까지 완화되어 있었다.

"으음, 이건 꽤 괜찮은 것 같네. 고마워, 토모."

내가 준비한 땀 배출이 잘되는 스웨트 파카와 스웨트 팬츠는 일전의 하프 팬츠에 비해 꽤나 높은 평가를 받았다.

……그래. 이 녀석이 노출도 높은 옷을 좋아하는 것은 딱히 노출을 즐기기 때문이 아니라 그저 움직이기 편한 옷을 좋아하기 때문이구나. 앞으로 참고해야겠군.

아무튼 이걸로 방어력을 올리는 데 성공했다……. 내 방어력을 말이다.

"그런데 찾던 물건은 발견했어?"

"아니…… 뭐, 못 찾아도 괜찮아. 없어도 어떻게든 되는데다, 안 되면 새로 사면 되니까 말이야."

"흐음……."

미치루는 내가 찾는 물건 자체에는 크게 관심이 없는지, 오늘도 침대 위에서 기타를 쳤다.

"아, 맞다. 오늘은 앰프 써도 돼."

"정말? 토모, 고마워!"

"대신 이웃 분들에게 폐가 되지 않을 정도의 음량이어야해."

"당연하지! 그럼 효도 미치루 원맨 리사이틀을 시작해볼까~!"

"손님도 원맨이지만 말이야."

그렇게 말한 나는 어쩔 수 없이 허락했다는 듯한 태도를 취하면서도 마음속으로 '계산대로!'라고 외치며 행복에 찬 표정을 지었다.

응, 역시 좋아……

이유는 모르겠지만, 미치루의 곡은 디렉터인 내 감정을 절묘하게 흔들었다.

곡을 들으면서 눈을 감으니 게임의 배경이 눈앞에 떠올랐고, 그곳에 캐릭터들의 스탠딩 CG가 떠오르더니, 그 뒤를 이어 세 줄짜리 윈도우와 정감 넘치는 대사가 떠올랐다.

그리고 각양각색의 등장인물들이 웃고, 울고, 사랑을 나누고, 키스했지만, 연령 제한 문제로 그 다음 행위로 발전하지는 않았다.

그런 즐겁고, 기쁘고, 슬프고, 안타까운 이야기를, 지금, 미치루의 기타는 고조시키고 있었다.

그러니 이 녀석의 곡은, 분명 우타하 선배의 시나리오와 어울릴 것이다.

에리리의 그래픽과 조화를 이룰 것이다.

그리고 카토의…… 으음. 뭐, 히로인 파워의 향상에 조금은 기여할지도 모른다.

그러니 나는 이 상황이 아쉽고 안타까운 나머지, 또 무심코 이야기를 꺼내고 말았다.

"저기, 미치루."

"응~?"

"나, 너를 원해."

"…………첫 상대가 토모라. 으음, 그런 거에 흥미가 없는 것도 아니고, 네가 상대라면 그렇게 나쁜 추억이 되지는 않을 것 같으니까, 뭐, 괜찮을 것 같기는 해."

"우왓, 잠깐만잠깐만잠깐만! 내가 원하는 건 네 곡이라고!"

"우와, 토모 너 정말 저질이네. 나 이번에는 아무 잘못도 안 했다구."

"미, 미안……."

맞아. 방금은 분명 중요한 부분을 생략하고 말한 내 잘못이다.

하지만 그렇다고 해서 이렇게 현실적이면서 조금 에로틱한 대답을 하는 것도 좀 문제 아냐?

게다가 그런 대화 후에도 여전히 기타를 치면서 평범하게 이야기를 나누는 것도 엄청 문제잖아.

이거, "실은 방금은 부끄러워서 얼버무렸어……. 진짜로해도 되는 거야?"라고 말하면 궤도를 수정할 수 있지 않을까?

"그럼 본론으로 들어가겠는데…… 정말 안 되겠어? 밴드를 우선해도 괜찮으니까 말이야."

"아직 포기 안 했구나……."

하지만 그래서는 안 된다.

이런 『무릎 꿇고 애원하지 않아도 왠지 할 수 있을 것 같은』 전개로는 안 된다.

이런 『한여름의 추억으로 삼아버리고 말 것 같은』 적당주

의식 감각과는 다르다.

이것은 미소녀 게임이나 라이트노벨적 문법이 아니다……. 굳이 꼽자면 문예적 문법이다.

"어떻게 포기하냐고……. 내 꿈을 위해서란 말이야."

"토모……."

하지만, 아무리 생각해봐도 문예 쪽이야말로 사랑 없는 퇴폐적인 육체관계 같은 인간의 윤리에서 벗어난 짓들을 그려댄다. 그런데 왜 제대로 된 연애를 한 끝에 그런 관계에 이르는 모에 오타쿠 선호 작품 쪽이 박해 받는 걸까……. 이렇게 건전한데 말이다.

"게다가 내 바보 같은 꿈에 어울려주고 있는 소중한 동료들을 위해서야."

"……."

……입으로는 우리 서클을 향한 뜨거운 마음을 토하면서 머릿속으로는 이런 아무래도 상관없는 지론이나 전개하는 것은, 미치루에게 실례되는 짓인 것 같으니 슬슬 그만하자.

"그러니까, 그러니까 말이야. 미치루."

"나한테도 소중한 동료가 있어."

"뭐……."

"토모가 그 애들을 소중하게 여기는 것만큼…… 아니, 그 이상으로 지금의 멤버들이 소중하단 말이야."

진지 모드에 들어가려 하는 나를, 미치루는 단숨에 박살 냈다.

"1년 전, 그 애들이 재미 삼아 연주하던 곡을 듣고 완전 빠져서, 걔들의 밴드에 억지로 들어간 후부터…… 그 녀석들은 내 소중한 동료였어."

그것도 생각했던 것보다 뜨거운 반응을 보이면서 말이다.

"그런데 나 때문에 밴드가 해산될 위기에 처했어……. 미안하지만 지금은 너희를 도와줄 여유가 눈곱만큼도 없어."

"미치루……."

그러고 보니 이 녀석은 기타와 보컬을 담당하고 있다. 즉, 밴드의 스타플레이어인 것이다.

밴드 활동을 하고 있다는 것이 부모님에게 알려진 탓에 활동 정지 중…… 게다가 해산 위기에 직면했다.

즉, 삼촌을 설득하지 않는 한 자신의 꿈을 움켜쥘 수 없는 상황인 것이다.

그리고 그 문제가 해결되지 않으면, 내 방의 해방과 안정적인 수면, 그리고 정신적인 안녕(安寧) 또한 손에 넣을 수 없다.

"삼촌과 아직 이야기해보지 않은 거야?"

"……실은 해봤어."

"뭐?"

"일단 이번 주 들어서 두 번 정도 이야기를 나눴어."

"뭐라고?"

그것은 꽤나 충격적인 발언이었다.

……2주 동안이나 이 녀석을 데리고 살아야 했던 사람에게 있어서는 말이다. 그런 건 좀 일찍 말하라고.

"실은 오늘도 학교에서 돌아오는 길에 집에 들렀다가 여기로 돌아왔어……."

"그럼 그대로 집으로 돌아가라고! 왜 일부러 우리 집으로 돌아온 거야?!"

잠깐만, 그 말은 부모님도 제대로 커뮤니케이션을 취하고 있다는 거잖아.

전혀 소통이 단절되지 않은 거잖아. 뭐가 불량소녀냐고.

"그게…… 실은 여기서 해야 할 일이 있거든."

미치루는 꽤나 의미심장한 눈빛으로 나를 올려다보면서 그렇게 말했다.

으음, 그 해야 할 일이라는 것은 본가로 돌아가기 전의 추억 만들기 같은 건 아니지?

"그, 그건 그렇고…… 어떻게든 될 것 같긴 한 거야?"

"응……. 조건이 붙기는 했지만 밴드 활동을 계속해도 된대."

"그렇구나…… 잘됐네!"

미치루가 방금 한 말은 본인뿐만 아니라 나에게 있어서도 정말 희소식이었다.

그것도 그럴 것이, 방금 본인 입으로 말했다시피 이 녀석의 밴드 활동만 허락받는다면 그만큼, 우리 서클에 참가해 줄 가능성이 커지는 것이다.

"그런데 그 조건이 뭐야? 삼촌 부부를 라이브에 초대해서 네 노래로 감동시키면 승리인 거야?"

"아니, 애니메이션에나 나올 법한 그런 뜨겁고 단순한 전개가 현실에 존재할 리가 없잖아."

"뭐, 좋아. 나도 내가 할 수 있는 범위 안에서 최대한 협력할게!"

"응? 방금 최대한 협력하겠다고 했지?"

"『내가 할 수 있는 범위』라는 말도 했거든?"

이 녀석의 감언이설에는 충분히 대책을 세워놨다.

그것도 그럴 것이, 이 녀석은 세 치 혀만으로 2주 동안 남의 집에 머무는 녀석이니까 말이다. 조심하고 또 조심해야 할 것이다.

"조건은 총 세 가지…… 하나는 학교에 성실히 다닐 것. 두 번째는 유급하면 밴드를 관둘 것."

"……너무 무르잖아요, 삼촌."

그런 건 동인 일러스트레이터나 상업 라이트노벨 작가도 간단히 클리어할 수 있는 조건이지만…… 그러고 보니 상업 활동을 하면서도 전교 1등을 유지하는 그 사람은 정말 괴물이군.

뭐, 됐다. 조건이 무르면 무를수록 미치루를 우리 서클에 끌어들이기 쉬워지니 불평할 이유가 없다.

"그리고 세 번째가…… 매니저를 구하는 거야."

"매니저? 아마추어 밴드에?"

하지만 세 번째 조건은 다른 조건과는 성향이 달랐다.

"뭐, 간단하게 말해 우리 부모님은 여자애들끼리 라이브 하우스에 출입하는 게 걱정인 것 같아."

"아, 그건 이해가 돼. 록(rock) 하면 마약이랑 섹스니까 말이야."

"그건 완전 편견 아냐?"

"오타쿠면 로리콘에 성범죄자라는 인식과 뭐가 다른데?"

"그럼 록에 대한 그런 인식이 편견이라는 것도 인정하는 거네?"

"……하던 이야기나 계속하자."

그런 쪽 이야기를 계속하다간 진짜로 고성이 오고 가는 사태가 벌어질지도 모른다.

"즉, 감시역이 필요하다는 거야."

"아, 그렇구나."

라이브는 보통 밤에 한다.

게다가 라이브 하우스면 술도 취급할 것이다.

확실히 여자 고등학생들끼리 출입하게 한다면 마약이나 섹스가 없다고 해도 걱정이긴 할 것이다. 뭐, 실은 있지만 말이다.

"그러니까 토모……."

확실히 그 조건은 다른 두 조건에 비해 조금 골치가 아팠다.

하지만 오랫동안 오타쿠로 살아온 탓에 인맥을 활용하는 것에는 꽤 능숙해졌다.

동인 쪽 지인들과의 인맥을 이용해 가수나 보컬 서클 쪽을 뒤지다보면 그런 사람들을 소개해주는 곳을 찾을 수 있을지도 모른다.

게다가 미치루의 밴드를 동인 업계와 이어둔다면, 앞으로의 이야기도 하기 쉬우리라.

으음, 역시 이 상황에서는 팔 걷어붙이고 도와주는 편이 낫겠지.

"으음~ 알았어. 일단 한번 찾아볼게. 음악 관계자 쪽으로는 아는 사람이 많지 않지만……."

"응? 무슨 소리 하는 거야? 매니저."

"…………뭐?"

아니, 나는 팔 걷어붙이겠다는 말은 했지만, 나 자신을 바치겠다는 소리는 안 했는데…….

※　※　※

"어이어이어이어이어이어이어이! 너 지금 무슨 소리를 하는 거야?!"

"그 말을 해야 할 사람은 토모가 아니라 나야! 생판 모르는 성인 남성을 어떻게 매니저로 삼느냔 말이야!"

그리고 10분 후······.

미치루의 밴드 활동 재개를 위한 제3의 조건^{매니저 취임}을 둘러싼 공방은 아직 계속되고 있었다.

"앞으로 좋은 점도 나쁜 점도 알아가면 되잖아! 누구나 처음 만났을 때는 초면이라고!"

"그런 맞선 같은 짓이나 할 여유 없어! 그리고 토모는 태어난 그 순간부터 초면이 아니었으니까 딱이잖아!"

그리고 보니 이 대화를 다섯 번은 반복한 것 같군.

"미성년자 고등학생이 따라간다고 안심이 될 리가 없잖아?"

"아니, 적어도 우리 부모님은 그걸로 OK래."

"뭐?"

"아빠도 "토모 군이 같이 가준다면 안심이 될 거야."라고 했단 말이야!"

"자, 잠깐만!"

삼촌, 내가 이런 말 하는 것도 좀 그렇지만 나를 너무 신뢰하는 거 아니에요?

이 녀석, 내가 좀 세게 부탁하면 분위기에 휩쓸려서 뭐든 하자는 대로 다 할 것 같단 말이에요.

"하, 하지만 미치루. 네 밴드 멤버들도 록에 대해 아무것도 모르는 남자 오타쿠가 따라다니는 걸 반기지 않을걸?"

"걱정하지 마! 토요가사키 학원의 남학생이라는 것만으로도 우리 애들은 OK야!"

"대체 너희 학교 애들은 남자에 얼마나 굶주린 거냐?!"

그보다 우리 학교에 그런 브랜드 파워가 있었나?

혹시 외교관 자녀가 다니고 있어서 그런가?

나는 그저, 교칙이 가장 느슨해 보이는 사립 고등학교라서 골랐던 거라 전혀 몰랐어.

"그러니까 부탁해, 토모……. 네가 우리의 희망이야."

"미, 미치루……."

무심코 밋짱……이라고 부를 뻔했을 만큼, 나를 바라보는 그녀의 눈동자에는 어릴 적에 본 순수함과 필사적인 열의, 그리고 어리광을 떠올리게 만드는 빛이 존재했다.

지금 생각해보니 옛날부터 이 눈빛을 볼 때마다 동갑내기 사촌의 부탁을 거절하지 못했던 것 같은 느낌이 들었다.

항상 성미가 급하고, 드세며, 자신이 넘치는 이 녀석이, 극한 상황에서만 꺼내 드는 비장의 가드이자 최종 병기다.

하지만…….

"……미안. 역시 무리야, 미치루."

"왜? 토모는 내가 거기 사람들에게 속아 마약 중독자가 되어서 팔려 가도 괜찮은 거야?!"

"너 역시 록에 대해 그런 나쁜 인식을 가지고 있는 거지?!"

역시 지금의 나에게는 짐이 너무 무겁다.

"나에게는 서클이…… 『blessing software』가 있어."

"토모……."

무엇보다도 소중한 꿈과, 무엇보다도 소중한 동료가 있는 것이다.

"게다가 록이나 밴드 같은 비 오타쿠적인 활동은 나에게 무리야."

딱히 록이 무섭다든가 2차원은 저항하지 않으니까 라든가, 그런 이유는 아니라고…….

뭐랄까, 타고난 영혼의 색깔이 다르다고나 할까?

만약 애니메이션 송 밴드라든가 성우 라이브 같은 거라면 그나마 괜찮겠지만…….

"너, 좀 전까지 나보고 자기 서클에 들어오라고 했었지?"

"으……."

"오타쿠가 아닌 사람에게 오타쿠가 되라고 했었지?"

"……미안."

그리고 상대의 말을 듣고서야, 내 열의가 폭주한 나머지 최악의 결과를 불러왔다는 사실을 눈치챘다.

나는 나 자신도 모르는 사이에 미치루에게 얼마나 많은 상처를 준 것일까.

※　※　※

"결국 서로 양보할 수 없는 상황인 거네."

"미안해."

"사과하지 않아도 돼.『서로』라고 방금 내가 말했잖아?"

"미치루……."

입씨름을 하느라 지친 듯한 미치루는 다시 기타를 꺼내더니 조용히 연주를 시작했다.

내 예민한 마음결을 자극하는 음색이 귀를 통해 스며들어오는 가운데, 나는 아무 말 없이 천장을 올려다보았다.

결국 우리는 서로 문제를 안고 있으며, 그 문제를 해결하기 위해서는 서로가 필요했다…….

하지만 이야기를 나누면서 알게 된 것은, 그 두 문제 중 하나만이, 다른 한쪽을 짓밟은 후에 해결될 수 있다는 현실이었다.

"이제 어떻게 할 거야? 토모."

"어떻게 할 거냐니……."

"힘으로라도 나를 억지로 끌어들일 거야?"

"그딴 짓을 어떻게 해."

미치루를 우리 서클에 끌어들이면, 그녀의 밴드는 붕괴되고 만다.

"그럼 우리 밴드에 들어올래?"

"그딴 짓을 이하 생략."

그리고 미치루가 자신의 밴드에 나를 끌어들이면, 내 서클이 붕괴된다.

이대로 두 팀이 서서히 죽어가도록 그냥 내버려 둘 수밖에 없는 걸까?

아무도 행복해질 수 없는, 아무도 즐겁지 않은, 아무도 기쁘지 않은, 그런 하찮은 미래를 받아들일 수밖에 없는 걸까?

아니…….

"이대로 함께 박살 날 생각은 없어.

"미치루…….."

내가 부정적인 생각을 하고 있다는 것을 눈치채기라도 한 것처럼, 미치루는 결의에 찬 목소리를 쥐어짜냈다.

그녀의 얼굴을 쳐다보니, 기타의 현을 노려보고 있는 눈동자에는 결의의 빛이 어려 있었다.

그것은 조금 전에 쓴 최종 병기가 아니라, 평소에 쓰는 통상 병기다.

어릴 적부터 항상 나를 끌고 다니던, 자신감과 의욕과 자신감으로 가득 찬 결의의 빛이다.

그래…….

미치루는 아직 포기하지 않았구나.

그렇다면 나도 고개를 들어 앞을 바라보기로 했다.

혼자서는 어찌 할 수 없더라도, 우리 둘이 힘을 합친다면…….

아니, 서로의 서클과 밴드 멤버를 포함해 총 여덟 명이 지혜를 모은다면…….

"저, 저기, 미치루!"

"그러니까 박살 나줘, 토모."

"뭐……?"

그런 나의 근거라고는 전혀 없는 긍정적인 자세를…….

받아들일 여지가 미치루에게는 없는 것 같았다.

"실은 이런 방법을 쓰고 싶지는 않았어……. 토모가 기분 좋게 들어와 줬으면 했거든."

"기, 기분 좋게?!"

어이, 너무 곡해해서 듣지 마. 그건 오해라고. 망상이 지나치잖아.

"나는 이제 아무 짓도 안 할 거야. ……너희 서클이 붕괴될 때까지 기다리겠어."

"뭐……."

"가능하면 빨리 우리 쪽에 들어와 줬으면 하지만, 한계에 부딪힐 때까지 기다릴래."

"미치루……?"

"너희는 겨울까지 게임을 완성 못 하게 되면 끝이라고 했지? ……하지만 우리는 좀 더 버틸 수 있다구."

그 사실을 증명하듯, 지금 미치루의 입에서 나오는 말들은 무기력하고, 심각하며…….

"곡을 만드는 사람이 없으면 너희 서클의 기획은 좌절될 수밖에 없지? 그렇다면 절대 안 도와줄 거야."

"잠깐만…….."

그리고, 새까맸다.

"왜냐면…… 토모가 나를 필요로 하듯이, 나도 토모가 필요하단 말이야."

"잠깐만, 미치루…….."

"그리고 이 기회에 너도 오타쿠를 관둬버려. 그리고 리얼충이 되는 거야."

"어이, 조금만 더 생각해보자고."

항상 내 편이었던.

항상, 나의 퉁퉁이였던 여자 사촌은, 이제…….

"둘 다…… 아니, 모두가 행복해질 수 있는 방법을 생각해보자. 응?"

"하지만 이게 모두가 가장 행복해질 수 있는 선택이라고 나는 생각해."

"그게 무슨 소리야…….."

"너희 서클은 비정상적이라구. 다른 애들이 무리해서 토모에게 맞춰주고 있잖아."

"뭐……."

완벽하게, 내 적으로 돌아섰다.

"에리리라는 애는 서클에 참가한 바람에 다른 이벤트에 참가하지 못하게 됐어."

"그, 그건!"

그건 그 녀석이 직접 내린 결단이다.

겨울 코믹마켓까지 다른 책을 내지 않겠다고.

우리가 만드는 게임에 전력을 다하겠다고…….

"우타하라는 사람은 서클에 참가한 탓에 신작을 못 내고 있어."

"그렇지는…… 그렇지는……!"

그건 그 사람이 이 작품에 몰입했기 때문이다.

서브 히로인까지, 전부 성심성의를 다해 쓰겠다고.

우리가 제작하는 게임을 엄청난 작품으로 만들겠다고…….

"토모, 네가 말했지? 그 두 사람은 우리 서클에 있는 게 이상할 정도로 엄청난 작가라고 말이야."

"으……."

"그렇다면, 토모의 억지에 어울러 주고 있는 그 두 사람을 풀어주는 편이 낫지 않을까?"

게임 제작이 진행됨에 따라, 우리의 꿈이 형태를 갖춰감에 따라…….

상상조차 하고 싶지 않은데도 내 안에서 스멀스멀 기어

올라오고 있는 말이 있다.

농담으로라도 입에 담고 싶지 않다.

인터넷상에서 절대 보고 싶지 않다.

하지만 언젠가는 분명 보게 될 것이다.

비방이나 험담일지도 모르고, 단순한 진실일지도 모르는,
그 말은……

『카시와기 에리와 카스미 우타코가 헛고생 했다.』

"승부야, 토모……"

"밋짱……"

3권 78페이지

왠지 얼마 전에도 어딘가에서 들었던 것 같은 소꿉친구의
선언과 함께……

"내가 토모의 것이 될지, 토모가 내 것이 될지……"

미치루의 손이, 내 볼에 닿았다.

"누가 상대를 자기 것으로 만들지, 승부하자구."

제6장

같은 레이블의 작품끼리는 소재를
빌려다 쓰기 편해서 좋네

"오타쿠 군, 바이바이~."

"그래, 바이바이……."

금요일 오후…….

오늘 마지막 수업과 종례가 끝나고, 모두가 다음 활동 장소…… 부실이나 패스트푸드점, 등신대(等身大) 시트와 대형 베개 커버가 맞이해주는 어두컴컴한 자기 방 같은 곳으로 향하는 오후 세 시 이후.

대부분의 학생들에게 있어 일주일 중 가장 가슴 뛸 때일 이 시간대에, 나는 기력을 잃은 채 책상에 엎드려 다른 이들이 돌아가는 모습을 멍하니 바라보고 있었다.

"토모야, 다음 주에 봐~."

"응. 잘 가."

밖은 완연한 가을 날씨였다.

활짝 연 창문을 통해 약간 차가우면서도 상쾌한 바람이

흘러들어왔다.

대부분의 일본인이 쾌적하다고 생각할 이런 날에, 나는 의욕이라고는 조금도 느껴지지 않는 표정을 지은 채 한숨을 내쉬었다.

아, 참고로 방금 작별 인사를 하고 사라진 건 남자 클래스메이트A다. 아직도 기억하고 있을 사람이 몇 명이나 있는지 모르겠지만 그 녀석의 이름은 카미사토 요시히코다.

"그럼 아키 군. 잘 있어."

"그래. 잘 가……."

내가 태양보다 먼저 가라앉을 대로 가라앉아 있는 것에는, 뭐, 나름의 이유가 있다.

그 이유란…….

"잠깐만 기다려, 카토."

"응?"

한 5분 동안 머릿속으로 독백을 하려고 한 순간, 교실에서 나가려 하는 여자 클래스메이트B……가 아니라, 카토를 불러 세웠다.

"너, 왜 그렇게 자연스럽게 페이드아웃 하는 거야?"

"그야 수업이 끝났는데 교실에 계속 있어봤자 할 게 없잖아."

"아니, 그런 의미에서 한 말이 아니라……."

뭐랄까, 슬슬 메인 히로인으로서의 자각을 가져줬으면 좋겠는데 말이다.

언젠가는 각성이라도 한 것처럼 그녀의 내면과 외면에서 자기 현시욕이 끓어오르는 날이 찾아오기는 하는 것일까.

……아니, 그것보다도 말이다.

"오늘은 금요일이잖아."

"응. 금요일이야."

"아니, 그러니까…… 서클 활동을 하는 날이잖아?"

그렇다. 평소 같으면 내가 카토를 납치해서 시청각실로 끌고 간 후, 안에서 문을 잠그고 음흉한 웃음을 짓고 있을 금요일.

아니, 음흉한 웃음을 짓는다는 것은 다른 서클 멤버들이 쓰는 표현이다.

아무튼, 평소처럼 그녀에게 서클활동을 하러 가자고 말하지 않은 나에게도 잘못이 있을 것이다. 그래도 매주 같은 패턴을 반복하고 있으니까, 이런 날에는 그녀 쪽에서 나에게 서클활동을 하러 가자고 말해줘도…….

"어? 하지만 오늘은 자율 활동을 하기로 했잖아?"

"뭐, 뭐라고? 거짓말, 나는 그런 말 한 적 없는데?"

"나는 그렇게 들었어."

"누구에게?"

"으음, 아키 군 이외의 누군가?"

"의문형을 쓸 정도로 후보가 많다고는 생각하지 않는

데?"

"사와무라 양과 카스미가오카 선배도 바빠 보이던걸? 그
래서 아키 군에게도 분명 이야기가 전해졌을 줄 알았는데
말이야."

"그, 그래……?"

방금 처음 들었다…….

알기 쉬운 서클 와해 법칙 7
「대표에게만 연락사항이 전해지지 않는다.」

"그러니까 나는 이만 가볼게, 아키 군."

"아, 아니, 카토, 잠깐만 기다려!"

한순간 머릿속에 떠오른 짜증 나는 법칙성을 필사적으로
떨쳐낸 나는 카토에게 매달리듯 그녀와 함께 복도로 나섰다.

"저기, 나랑 같이 콩 먹으러 안 갈래?"

"……평범한 사람은 그 말을 차 한잔 하자는 소리로 받아
들이지 못할걸?"

"그런 건 신경 쓰지 말고 같이 가자. 응? 뭣하면 새우튀김
도 사줄게."

"뭐가 『뭣하면』인지 잘 모르겠어."

나 자신도 알고 있고, 기분 더러울 만큼 마음에 안 들며,
한심하기 그지없지만…… 나는 현재 짜증 날 정도로 끈질

겼다.

조금 전까지 완벽한 무기력 상태였으면서, 아무에게도 다가가려 하지 않았으면서, 계속 혼자 있고 싶다고 생각했으면서.

"응? 괜찮지? 카토."

하지만 상대 쪽이 나에게서 멀어지려 하자, 그 쓸쓸함에 짓눌려 그대로 으스러져버릴 것만 같았다.

"미안. 나 오늘은 다른 볼일이 있어."

"뭐……."

하지만 그런 나의 어린애 같은 억지도, 카토에게는 통하지 않았다.

……아니, 지금의 나이기 때문에 통하지 않은 것인지도 모른다.

왜냐하면, 평소의 나에게는 카토 "따위", 언제든지 멋대로 휘둘러댈 자신이 있었다.

……아, 평소의 내가 몇 배는 더 민폐 덩어리일지도 모르겠군.

"이 빚은 나중에 갚을게. 그럼 안녕."

"아……."

평소처럼 복도 너머로 훌쩍 사라져가는 카토를, 오늘의 나는 잡지 못했다.

평소보다 몇 배는 더 잡고 싶었지만, 그러지 못했다…….

"다녀왔습니다……."

그런고로, 서클 활동도 없는 데다 어디 들를 기력도 없는 나는 해가 지기도 전에 등신대 시트와 대형 베개 커버가 맞이해주는 어두컴컴한 내 방으로 돌아왔다.

아, 시트와 베개 커버는 더부살이가 정리해버린 데다, 방 안 또한 꽤나 밝지만 말이다.

아무튼, 평소보다 평범해 보이는 방 안에서, 나는 누군가를 조심하지도, 누군가가 자신을 볼까 두려워하지도 않으면서, 묵묵히 사복으로 갈아입었다.

그렇다. 이제는, 이 방에서, 누군가를 신경 쓸 필요가 없다.

이틀 전의 그 말다툼 이후로, 나와 미치루는 다른 방에서 지냈다.

딱히 동거 종료라든가, 사랑 싸움 같은 것을 한 건 아니다.

그래도 말다툼 자체는 꽤 격렬했고, 동거에 가까웠던 생활 패턴이 바뀐 것은 사실이었다.

미치루는 학교에서 돌아오면 손님방에 틀어박혔다. 2층에는 올라오지 않는 것이다.

목욕과 식사도 나와 다른 시간대에 하면서 나와 얼굴을

마주하지 않았다.

때때로 세면장에서 마주치더라도 "아, 안녕." "응……." 같은 대화만 나눌 뿐이다.

게다가 기타의 음색이 들리지 않았다.

우리 부모님에게 폐를 끼칠 수는 없다고 생각한 것인지, 아니면 다른 이유가 있는지는 알 수 없지만 말이다.

그리고 보니 그 녀석, 마음만 먹으면 얼마든지 더부살이처럼 살 수도 있잖아.

그럼 지금까지 얼마나 멋대로 행동했던 거야.

그런고로, 나는 내 방 안에서의 자유를 되찾았다.

이제 다른 누군가의 눈치를 살필 필요도 없고, 하고 싶은 일을 마음껏 해도 된다.

쌓여 있는 애니메이션을 보는 것도, 쌓아둔 게임을 플레이하는 것도, 아직 읽지 않은 만화책을 읽는 것도…… 그리고 예전에 즐겼던 작품을 다시 즐길 수도 있다.

어이어이어이, 그런 작위적인 현실 도피에 빠지지 말라고.

게다가 지금까지는 미치루 때문에 착수하지 못했던 스크립트 작업을 비약적으로 진행할 수도 있잖아.

드디어 전력을 다해 게임을 만들 수 있다고.

"하아~."

그렇게, 모든 자유를 되찾은 방 안에서……

땅이 꺼져라 한숨을 내쉰 나는 PC를 켜기는커녕 침대에 드러누웠다.

그것도 그럴 것이, 겨우 성역을 되찾은 것이다.

요 며칠 동안 새벽 세 시까지 미치루에게 점거당한 탓에, 이곳에 이렇게 드러누울 수 있는 것은 겨우 몇 시간 정도뿐이었다.

하지만 지금은 한낮에도 이렇게 침대를 독점할 수 있다.

낮잠도, 선잠도, 자다 깬 후에 또 자는 것도 가능했다.

"으음……."

……그러니 지금은 이 행복을 음미하겠다.

최강 게임의 완성형이 눈앞에 있는데도, 그것을 완성시키려 하지 않았다.

최강의 스태프들이 눈앞에 있는데도, 그녀들에게 지시를 내리지 않았다.

꿈이, 눈앞에 있는데도, 그것을 움켜잡으려 하지 않았다.

※　※　※

"…………."
"……양."
"……코올."
"카토 양."

"으응? 어, 어라…… 지금, 몇 시야?"

"으음, 세 시가 조금 지났으려나?"

"가르쳐달라고 부탁해놓고 졸아서 미안해, 사와무라 양."

"밤샘에 익숙하지 않으니까 어쩔 수 없을 거야. 그리고 몇 시간을 계속해서……."

"아, 카스미가오카 선배에게서 메일이 와 있었네."

"……그 여자도 이렇게 늦은 시간까지 잘도 어울려주고 있네."

"으음…… 역시 좀 전 신의 배경은 『하늘(범용)_해질녘』이래."

"그렇구나. 그럼 이쪽 배경 리스트의…… 자, 이 파일명이야."

"알았어……. 으음, 여기에 입력하면 돼?"

"응."

"자, 그럼 남은 건 최후의 작별 신이네."

"……여기 배경은 『언덕 위_해질녘』이야."

"고마워, 사와무라 양."

"별것 아냐……."

"……."

"저기, 카토 양."

"응~?"

"왜 이러는 거야?"

"그야 스케줄이 밀리고 있잖아."

"위가 아파 올 것 같은 현실 이야기가 아니라, 왜 당신이 이렇게까지 하는 건지 묻는 거야."

"으음, 그게 나도 조금은 서클 활동에 참가하고 싶어졌다고나 할까…… 다들 즐거워 보였거든."

"보이지 않는 곳에서는 피를 토하고 있지만 말이야."

"아하하, 그 정도까지 열심히 하는 건 무리지만, 서클 멤버들이 만든 원의 가장자리에라도 있고 싶다고나 할까?"

"카토 양……."

"그리고…… 조금은 장난을 치고 싶어졌다고나 할까, 괴롭혀주고 싶어졌다고나 할까?"

"그게 무슨 소리야?"

"저기, 사와무라 양……."

"응?"

"이 신에서는 역시 『메구리_미소1』로 가자."

"왜? 보통 이런 장면에서는 환한 미소를 짓지 않는다고……."

"허세를, 부릴 거아……. 여자애라면, 말이야."

※　※　※

"아……."

눈을 떠보니 주위는 어느새 어둠으로 뒤덮여 있었다.

커튼이 처지지 않은 창문을 통해 쏟아져 들어오는 커다란 달과 빌딩의 조명이 방 안을 희미하게 비추고 있었다.

시계를 보니 현재 시각은 4시 45분이었다.

날이 어두운 걸 보면 오후가 아니라 오전이 분명했다.

……그렇다면 나는 열두 시간 가까이 잠을 잔 건가.

"하아아아아~."

나는 불을 켠 후, 머리를 흔들면서 침대에서 일어났다.

수면을 듬뿍 취했는데도, 영 잔 것 같지 않았다.

몸은 자기 전보다 피곤했고, 머릿속은 여전히 멍했다.

……그리고 나를 요 모양 요 꼴로 만든 짜증 나는 기억은, 눈곱만큼도 희미해지지 않았다.

『승부야, 토모…….』

그때, 미치루가 짓고 있던 표정이, 금세 머릿속에 떠올랐다.

서로가 입에 담지 않았던 말이, 귀울림처럼 머릿속에 울려 퍼졌다.

미안해, 헛소리하지 마, 부탁해, 어쩔 수 없다구, 괜찮잖아, 싫어. 부탁할게, 왜 몰라주는 거야…….

지면 그걸로 끝. 그리고 이긴들 너무나도 공허하리라.

그런, 두 팀 중 한쪽이 활동 불능 상태가 될 때까지 이어지는 소모전이자 섬멸전.

정말 어떻게 해줄 거냐고…….

정말 골 때리는 가출 소녀에, 정말 매력적인 작곡가라니깐.

그 녀석이 가출하지 않았다면, 나에게 기타를 들려주지 않았다면.

그렇다면 나는 지금쯤 그 녀석의 꿈이 박살 나기 직전이라는 사실을 모른 채, 내 꿈의 허들을 지금보다 조금 낮춘 채 추구하고 있었을까…….

"으……."

쓰러뜨리고 싶지 않은 적, 지고 싶지 않은 나.

그리고 이대로 이겨버려도 괜찮은 것인지 알 수 없는, 아군.

어떻게 하면 좋을까. 어떻게 하고 싶은 것일까.

……역시 혼자서는 결론을 내릴 수 없다.

누군가에게 이야기하지 않으면, 함께 고민해주지 않는다면, 앞으로 나아갈 수 없다.

하지만 누구에게……?

1. 처음으로 동경했던, 오랫동안 단절된 관계를 유지했던, 하지만 결국 완전히 멀어질 수는 없었던 소꿉친구.

2. 항상 나를 지켜준, 내가 어리광 부릴 수 있게 해준, 그

리고 상냥하게 꾸짖어주는 선배.

3. 같은 반 친구.

"으음~."

이렇게 나열하고 보니 진짜 두드러지네……

모처럼 이렇게 심각한 고민을 한 것 자체가 말짱 꽝이 되어버린 것 같다고나 할까.

그러니까…….

"……일단 카토가 좋겠어."

나는 마음 편하게, 몸 편하게, 손 편하게 3번, 즉, 말짱 꽝 여자이자 클래스메이트B를 선택했다.

이 문제의 당사자가 아닌 데다, 이해관계로 얽히지도 않았으며, 본심을 숨기지도 않는다.

게다가 어제 제대로 차인 덕분에 그녀에게 차이는 데 익숙해졌다.

아무리 매몰찬 대접을 당하더라도 '좋아, 나에겐 내일이 있어.'라고 생각하며 극복할 수 있다.

겸사겸사…… 다가가면 다가갈수록, 안심이 되는 상대다.

"으음, 그 녀석의 메일 주소가……."

어쩌면 그 녀석이라면 내 진심 어린 고민조차 그냥 가볍게 흘려 넘길지도 모른다.

그때는 무릎 꿇린 후 설교해주자.

내가 얼마나 진지하고, 심각하며, 진심인 건지, 몇 시간에 걸쳐 쉬는 시간도 주지 않으면서 퍼부어 줘야지.

설령 그걸로 문제가 해결되지 않더라도, 내 스트레스는 풀릴 것이다.

"어라?"

내가 그런 생각을 하면서 스마트폰의 화면을 확인해보니……

바로 그 희생양…… 아니, 인신 공양…… 아니, 상담 상대에게서 메일이 와 있었다.

메일이 온 시간은 지금으로부터 약 몇 분 전인 오전 4시 30분.

어이, 이 시간에 메일을 보내다니 무슨 생각인 거야. 메일 착신음 때문에 잠이 깨면 어쩌라는 거냐고. 정말 비상식적인 녀석이군.

※　※　※

【세이지】「저기, 메구리.」

【메구리】「응~?」

【세이지】「정말 괜찮은 거야? 저기, 내가……」

【메구리】「세이지 군…….」

【세이지】「가도 괜찮은 거야? 그 녀석의…… 루리의 곁에, 그 녀석이 있는 "시간"에…….」

【세이지】「가서, 싸운 후…… 그리고, 이 "시간"으로부터 일탈해버려도, 괜찮은 거야?」

【메구리】「…….」

【세이지】「메구리, 나는…….」

【메구리】「솔직하게 말하자면 말이야. 나, 너의 그런 부분이 정말 지긋지긋해.」

【세이지】「우왓, 잘못했습니다, 잘못했습니다!」

【메구리】「뭐든 자기 멋대로 정할 거면서. 결국 자기 뜻을 굽히지 않을 거면서. 그리고 변명도 안 할 거면서.」

【메구리】「하지만, 하지만 말이야…….」

【메구리】「나는, 그런 식으로 자신이 믿는 길로 폭주하는 너를, 유감스럽지만 정말 좋아하는 것 같아~.」

【세이지】「메구리……?」

"카토……?"

카토에게서 온 것은 『PC 메일을 확인해봐』라는 제목의 내용 없는 메일이었다.

그래서 PC를 켜고 메일을 확인해보니, 그 안에는 URL 한 줄만 적혀 있었다.

그리고 그 URL를 클릭하자, 이번에는 파일 다운로드가 시작되었다.

다운로드된 파일의 압축을 풀어보니, 그 안에 들어 있는 것은 스크립트의 실행 환경이었다.

폴더명은 『blessing software』.

그것은 우리가 만드는 게임의, 새로운 프로토타입이었다.

즉, 이 스크립트를 짠 사람은…….

"설마, 그 녀석……."

그 순간, 내 머릿속에서 희미하게 존재하던 수수께끼가 풀린 것 같은 느낌이 들었다.

지난주, 다들 내 집에서 돌아간 후부터 내 방에서 자취를 감췄던 한 권의 책.

　그것은 내가 카토에게 "다 읽었다."라고 떠들어댔던 스크립트 교본의 상권이다.

　"……멋대로 빌려가지 말라고, 이 바보야."

　말해줬으면 상하권 합쳐서 포교했을 텐데 말이야.

　【메구리】「너는…… 내가 무슨 말을 하더라도 자기 결의를 꺾지 않을 거야. 아니, 내가 아니라 누가 무슨 말을 하더라도 말이야. 그렇지?」

　【메구리】「그러니까, 나는 이럴 때 이렇게 생각하기로 했어.」

　【메구리】「너는 어쩌면 내가 없는 곳으로 가버릴지도 몰라.」

　【메구리】「그건 정말 슬픈 일이지만.」

　【메구리】「그래도 나는, 네가 너답게 있어주는 게 이렇게 기뻐.」

【메구리】「그리고, 만약 네가 선택한 세계에 내가 있다면, 분명 그것이야말로 나에게 있어서 가장 큰 행복일 거야.」

【메구리】「그러니 앞으로는 기도할 뿐이야.」

【메구리】「그 세계에, 내가 존재하는 미래가 펼쳐지기를 말이야.」

마지막으로, 미소를, 최고의 미소를 지어 보이며.
메구리는 ″바이바이.″라는 듯이 손을 흔들었다.

"큭……."
이것은 바로 클라이맥스 직전.
최종장 바로 앞에서 펼쳐지는 메구리와 세이지의 작별 신이다.
솔직하게 말하자면, 이 신은 메구리 루트와 루리 루트의 분기 직전에 존재하는, 최고의 하이라이트 장면 중 하나다.
이 시점에서의 메구리는 자기 안에 루리가 잠들어 있다는 것을 모르며, 사라져버릴지도 모르는 존재가 세이지가 아니라 자신이라는 사실 또한 알지 못한다. 이런 설정이 복잡하게 얽혀 있는 굴지의 클라이맥스 신인 것이다.

역시 우타하 선배. 단순 텍스트 표시일 뿐인데도 연달아 쏟아져 나오는 정감 넘치는 대사 때문에 몸이 미친 듯이 떨렸다.

그리고 역시 에리리. 메구리의 구김 없는 만면의 미소가 너무나도 눈부신 나머지, 바닥을 굴러다닐 수밖에 없다.

여기에 그 녀석의…… 아니, 감동적인 BGM이 더해진다면, 나는 오열을 터뜨릴 거라고 자부할 수 있다.

하지만 지금 내가 눈물이 날 것 같은 가장 큰 이유는, 그런 작품 자체의 요소 때문이 아니라…….

"카토……."

현실의, 즉, 우리 제작 현장의 시추에이션 때문이었다.

그렇잖아? 카토라고, 카토.

나한테 억지로 끌려다니기만 하던, 그저 딱히 할 일이 없어서 서클에 참가한, 항상 멍한 태도로 오타쿠들을 대하던 바로 그 카토라고.

항상 같이 있으면서도 유령 부원 취급을 당하던 그 녀석이 딱 한 신이라고는 해도, 이런 게임을 만들어낸 것이다.

열심히, 라는 말로도 부족할 만큼 노력하지 않으면 불가능할 위업을 이뤄내고 만 것이다.

"아……."

무심코 스마트폰을 쥔 후에야 현재 시각을 떠올린 나는

주저했다.

지금 전화해도 괜찮을까?

조금 전까지는 깨어 있었지?

혹시 지금은 체력이 다 떨어져서 그대로 기절해버렸을까?

하지만 지금 바로 감상을 말하고 싶다. 이야기를 하고 싶다.

카토의 목소리를, 듣고 싶다.

"……어라?"

……그런 생각을 하면서 읽은 다음 신은 분명 카토의 목소리였다.

음성은 없지만, 카토의 대사가 틀림없었다.

【메구리】「그건 그렇고, 세이지 군. 솔직히 그건 좀 아니지 않아?」

【세이지】「그거라니?」

【메구리】「그러니까 소꿉친구인 사촌들이 서로에게 끌리기 시작하는 순간의 에피소드 말이야.」

【세이지】「뭐……?」

【메구리】「시골에서 친척들끼리 모였을 때, 여자애가 산에서 미아가 되고, 해가 질 즈음 그 여자애를 찾아낸 사촌 남자애가 마지막에는 그 여자애를 업고 산에서 내려오는…….」

【세이지】「아…….」

"아……."
그것은 7월 초순.²권 ¹장
사촌인 케이이치 군과 사이가 좋아 보이던 카토에게 사촌 간의 연애 가능성과 그것의 위험성에 대해 설명할 때, 어디까지나 픽션"이었을" 예시.

그리고 얼마 전.
누군가가 그것과 엄청 비슷한 에피소드가 역사상에 존재한다는 사실을 폭로했던 것 같은 느낌이 들었다.
그렇다. 바로 내 사촌인, 미치루가…….

【메구리】「결국, 그건 실제 체험담이었던 거네.」

【세이지】「아, 아니, 그게…….」

【메구리】「즉, 세이지 군은 어릴 적에 사촌인 그녀에게 끌렸고, 오래간만에 재회하고 뜻하지 못한 동거까지 하게 되면서 그 당시의 마음이 다시 활활 타오르게 되었다는 걸 인정하는 거지?」

【세이지】「으아아아아아아아아~~~~~!!!」

"으아아아아아아아아~~~~~!!!"
그때 그 부메랑이 진짜로 돌아왔다~!

  ※   ※   ※

"정말 잘못했습니다요!"
"……이제 그만 고개를 들지그래?"
토요일 오전 일곱 시경.
이런 이른 아침에도 영업을 할 뿐만 아니라, 꽤 연배 있는 손님들로 북적거리고 있는 단골 카페.
커피와 서비스로 나온 토스트와 삶은 달걀, 그리고 추가 주문한 팥 앙금 토핑과 새우튀김이 테이블 위를 가득 채우고 있는 가운데, 나는 카토를 향해 깊이 고개를 숙이면서 진심으로 용서를 빌었다.

실은 진심으로 반성하고 있다는 점을 보여주기 위해 소프트크림이 토핑된 데니시도 주문하고 싶었지만, 카토가 허둥지둥 말렸다.

아, 물론 콩도 시켰다.

"나는 그저 카스미가오카 선배가 쓴 시나리오에 맞춰 그림과 텍스트를 배치했을 뿐이야."

"저기, 스토리적으로 볼 때 마지막 신은 진짜 뜬금없었거든? 완전 자의적으로 추가한 거지?!"

"글쎄, 무슨 소리 하는 건지 모르겠는데?"

그 후, 해가 뜨기를 기다린 내가 주저하면서 메일을 보내자 카토는 그로부터 약 10분 후 우리 집 앞에 왔다.

아무래도 어젯밤에는 에리리의 집에서 미니 합숙을 한 것 같았다.

이 두 사람, 내가 모르는 사이에 꽤나 친해진 것 같군.

이걸로 카토는 『클래스메이트B』에서 『에리리의 친구A』로 당당히 승격······은 무슨! 오히려 격이 떨어졌잖아!

······아, 잠깐만. 내가 하고 싶은 말은 그런 게 아니라······.

"고마워."

"그러니까 무슨 소리를······ 으음, 역시 좀 티 났어?"

카토의 퉁명한 목소리 안에 약간의 부끄러움이 섞여 있

는 듯한 느낌이 든 나는 천천히 고개를 들어 상대의 얼굴을 바라보았다.

……음, 방금 그 목소리에 딱 어울리는 표정을 짓고 있군.

"그건 그렇고, 완전 속았어. 어제는 방과 후가 되자마자 돌아가 버렸잖아."

"딱히 속인 건 아냐. 바빠서 서클 활동을 할 시간이 없다는 건 사실이었거든."

"이게……."

나는 카토가 지닌 유일한 모에 요소(게다가 나중에 추가)인 포니테일을 잡아당겨서 감사와 판죽을 동시에 표현할—.

"뭐 하려는 거야?"

"아니, 그게……."

—생각이었지만, 내 거동이 너무 수상했는지 카토가 미심쩍은 시선으로 나를 쳐다보면서 경계했기 때문에 결국 관뒀다.

역시 "이 녀석."이라고 말하면서 이마를 손가락으로 톡톡 찌르거나 "이게."라고 말하면서 손바닥으로 그녀의 머리를 거칠게 쓰다듬어주는 편이 자연스러웠을까?

하지만 그런 건 리얼충이나 하렘 계열 주인공만이 써먹는 수법이라고.

※　※　※

"그렇구나. 서로 고생이 많았네~."

"뭐, 저쪽은 자업자득이라고 할 수도 있지만 말이야."

"이쪽도 매한가지라고 생각하는데?"

"뭐…….."

아침 식사를 끝내고 테이블 위에 놓여 있던 대부분의 접시가 치워진 후, 디저트 삼아 소프트크림이 토핑된 데니시를 주문하려는 나를 카토가 또 말렸다.

그런 느긋하면서도 자연스러운 한때를 되찾은 내 입에서는 지금까지 쌓인 울분을 떨쳐내려는 것처럼 쉴 새 없이 말이 터져 나왔다.

"그런데, 아키 군은 이제 어떻게 할 거야?"

"글쎄. 어떻게 할까?"

"어차피 게임 제작을 포기할 생각은 없지?"

"포기할 생각은 없지만, 지금은 미치루의 자폭 테러를 피할 수단이 없어~."

그것도 그다지 긍정적이지는 않은, 푸념에 가까운 부정적인 말의 홍수였다.

밤샘 후인 카토는 그런 나의 한심한 소리를 하품을 해대면서 흘려들었다.

그래서 잠을 실컷 자서 힘이 넘치는 나는 꾸벅꾸벅 조는 카토를 몇 번이나 깨워서 똑같은 이야기를 처음부터 반복했다.

"그럼 효도 양을 포기할 생각은 없다는 소리네?"

"너희는 그 녀석의 곡을 듣지 못했기 때문에 그런 소리를 할 수 있는 거라고!"

"그럼 들려줘~. 아키 군이 하도 칭찬을 해대서, 나도 꼭 들어보고 싶어졌단 말이야."

"……실은 미치루 몰래 녹음해둔 음원이 있긴 해."

"아~. 그런 건 빨리 말하라구~."

하지만, 그렇게 해서라도, 이 녀석과 이야기를 나누고 싶었다.

아무런 해결책을 찾아내지 못하더라도, 이렇게 느긋하게 이야기를 나누는 것 자체가 언젠가 분명 내 에너지가 될 것이라고 믿었다.

"그 전에 추가 주문 좀 해도 돼?"

……이런 짓을 벌일 정도로 배가 고프단 말이야.

※　※　※

"흐음~."

"어때?"

"뭐랄까, 그리운 느낌이 드는 곡이네."

"그렇지? 그렇지?! 눈물 날 것 같지?!"

"하아아아아아암~. ……응, 그래~."

"……오해할 수 있는 타이밍에 하품 좀 하지 마."

이어폰을 한쪽씩 귀에 꽂은 우리는 미치루의 기타 연주를 들으면서 오전의 한때를 느긋하게 보내고 있었다.

"역시…… 응. 이 곡이 그 신에 들어가면 좋을 것 같아~."

"카토가 그런 소리를 하기 전부터, 나는 그렇게 생각하고 있었다고!"

"뭐, 아키 군이 그렇게 생각한다면 그걸로 된 것 아닐까?"

"카토도 나와 같은 생각이지? 그렇지?!"

"어차피 내가 무슨 말을 하든 한번 결정하고 나면 남 말에는 귀를 기울이지 않잖아?"

"그러는 너도, 내가 한번 결정하고 나면 알아서 하라는 듯이 그냥 내버려 두잖아."

"한번 스위치가 켜진 아키 군을 말리느라 쓸데없이 체력 소모하고 싶지 않아. 귀찮기도 하고 말이야."

"너…… 오늘은 할 말 다 하는구나."

"후훗."

"……어라?"

평소와 마찬가지로 완벽하게 멍하면서도, 미묘하게 쌀쌀맞고, 적당히 대충대충인 저 태도는 안정적인 일반판(특전 없음)이지만……?

"응? 왜 그래?"

하지만 아주 약간 상냥하면서도, 온화해 보이며, 희미한 미소를 머금고 있는 저 표정은…… 진짜로 위험하다.

"나, 지금이라면 카토에게서…… 모에를 느낄 수 있을지도 몰라."

"와아~ 잘됐네~. ……같은 소리라도 하면 돼?"

"아냐! 이럴 때는 볼을 새빨갛게 붉히면서 "무, 무슨 소리 하는 거야! 바보 아냐?"라고 말하라고!"

"으음~ 사와무라 양이나 할 것 같은 그런 뜨거운 리액션은 나한테 무리야."

"인마, 쓸데없이 적을 늘리지 마."

나는 일전에 카토를 『무릎 꿇고 애원하면 하게 해줄 것 같은 여자』라는 식으로 평가한 적이 있다.

……뭐, 친구를 그렇게 평가하는 것이 인간적으로 올바른지에 대한 시시비비는 일단 제쳐두기로 하겠다. 아무튼, 이런 무방비함과 상대에게 그런 마음이 들지 않게 하는 옅은 반응이 이 녀석의 메인 히로인화를 가로막는 높은 장벽이라고 생각했다.

바로 그때, 친척에 대한 편견으로 인해 진정한 무방비함을 갖춘, 그럴 마음도 없는 데도 문득 그렇고 그런 짓을 하고 말 것 같은, 그야말로 실사판 미소녀 게임 히로인 같은 미치루가 나타났다.

그 탓이라고 해야 할지, 그 덕분이라고 해야 할지는 모르겠지만, 아무튼 지금은 카토의 2차원적 매력이 조금은 이해가 되었다.

"애초에 아키 군의 말투가 오타쿠스러워서 칭찬받는 것 같은 느낌이 전혀 안 들어."

"어, 그래?"

"그리고 아주 조금 자연스럽게, 아주 조금 멋진 대사를 입에 담는다면 인상이 좋다는 소리를 들을 거야."

"구체적으로 예를 들자면?"

"그러니까, 카스미가오카 선배의 작품에 나오는 미남 주인공처럼 말이야."

"에이~ 싫어. 리얼에서 그런 부끄러운 소리를 어떻게 해."

"쓸데없이 적을 늘리지 않는 편이 좋지 않을까?"

그렇다. 『무릎 꿇고 애원하면 하게 해줄 것 같은 여자』라는 건, 무릎을 꿇고 애원해야 한다는 장벽이 존재하는 것이다.

『조금만 노력하면 어떻게 될 것 같다』는 것은 『노력을 하지 않으면 돌아봐 주지 않는다』는 것이다.

"하지만 아키 군은 그 두 사람에게는 때때로 부끄러운 대사를 읊잖아?"

"아, 아니, 그야…… 그 두 사람과 카토 따위를 비교하는 건 실례 아닐까?"

"그건 그렇지만 말이야."

"부정은 안 하는구나……."

그 안에는 문득이라는 표현으로 간단히 치부하고 넘어갈 수 없는, 아주 약간의 사랑이 담긴, 모에와 염장 러브가 존재하는 것이다.

과도할 정도로 많지는 않지만 그렇다고 없지도 않은, 심박수가 5퍼센트 정도 올라가게 하는, 그런 안도감이 존재하는 두근거림이 카토다워서, 나는…….

"그러고 보니 이 가게에도 너무 오래 있었던 것 같네. 슬슬……."

"그럼 이제 점심 먹자! 뭘 주문할래? 내가 추천하는 메뉴는 크로켓이야."

"……하다못해 다른 가게로 이동하지 않을래?"

내가 이런 노골적인 소리를 입으로만이 아니라 머릿속으로도 하고 있다는 것을 알면, 이 녀석은 어떤 반응을 보일까.

뭐, 화를 내본들 대수롭지 않은 수준이라는 점이 더욱 매력적이지만 말이다.

※　※　※

"어……."

그리고 그날 밤.

우리 집 손님방에서 심심한지 데굴데굴 굴러다니고 있던 미치루를, 오래간만에 내 방으로 초대했다.

며칠 전까지만 해도 과도할 정도로 친한 척했지만 지금은 서먹서먹한 분위기를 자아내고 있는 미치루에게, 나는 내 결심을 전했다.

"나, 미치루의 매니저가 되겠어."

조금 전까지 카토와 함께 있으면서, 여러 가지 이야기를 하고, 몇 번이나 곡을 들은 후…… 겨우 내린 결론이 바로 이것이다.

"저, 정말?!"

"그래, 삼촌에게도 말해뒀어. ……미치루를 잘 부탁한대."

물론 망설이기도 했다.

지금까지 쌓아온 모든 것을 잃고 말지도 모른다는 공포 또한 존재했다.

그래도 우리는 미치루가 자아내는 선율 안에서 찾아낸, 희미한 가능성에 걸어보기로 했다.

"그러니까 슬슬 집에 돌아가. ……그리고 나는 약속을 절대 깨지 않으니까 걱정하지 마."

"토모……!"

미치루의 목소리 톤이 아주 약간이라고는 표현하지 못할 만큼 올라갔다.

"그 대신, 매니저가 되기로 한 이상 절대 인정사정 안 봐

줄 거야. 너희가 히트 칠 때까지 마구 무대에 세울 거라고."

"으, 응! 반드시 성공할게!"

그리고 마치 악령이 떨어져 나가기라도 한 것처럼, 오래간만에 환한 미소를 지었다.

한 집안 사람에 대한 편애일지도 모르지만, 이 녀석의 저 순진무구한 미소는 정말 매력적이라는 생각이 들었다.

"반드시 메이저가 되겠어! 그래서 토모가 자유롭지 못한 생활을 하지 않게 해줄게! 특히 여자 방면으로! 우리 팬이나 밴드 지망생들을 ″프로듀서에게 소개해줄게.″ 같은 말로 꼬드겨서 네가 묶는 호텔 방으로 데려가겠어!"

"너 역시 록에 대해…… 아니, 됐어."

……뭐, 밑바닥 여고생틱한 언동만 고치면 훨씬 끝내줄 텐데 말이다.

"아무튼 미치루. 우선 다른 멤버들과 만나보고 싶은 데……"

"응, 소개해줄게! 다들 꽤 귀여울 뿐만 아니라 애인도 없어. 아, 한 명은 남친이 있지만, 토모가 그 애를 마음에 들어 한다면 헤어지게 할게!"

"그딴 정치적 배려 좀 하지 마! 내 말은 만나서 인사를 나누겠다는 것뿐이라고!"

"그렇게 사양할 필요는 없는데……."

아무래도 내 밴드 매니저로서의 첫 임무는 이 녀석의 언론 통제인 것 같군.

이대로 데뷔 시켰다간 블로그나 트위터상에서 마구 두들겨 맞을 것이다.

"앞으로 같이 활동할 거니까, 서로를 알아둬야겠지. 물론 육체적 관계를 말하는 건 아니라고."

"그렇게 진지하게 매니저 활동을 해주는 거야……?"

"미치루여……. 내가 공부 이외의 일을 대충대충 하는 걸 본 적 있어?"

"으……."

침대 위에 망연자실한 표정을 짓고 있는 미치루를 내버려둔 채…… 왠지 거사를 다 치르고 난 후 같은 상황 설명을 제쳐두고, 아무튼 나는 몸을 일으켰다.

"이야기는 이게 다야. 그럼 나는 씻으러 갈게."

"아…… 내가 등 밀어줄까?"

"됐어! 너는 기타 연습이나 하고 있어!"

정말, 여러 가지 의미에서 이 녀석의 경계선이 어디인지 알 수가 없었다.

그것도 그럴 것이―.

"미안해……."

"그러지 좀 마."

―이렇게 이 녀석답지 않은 태도까지 취하고 있었던 것이다.

"제멋대로인 소리를 해서 미안해. 억지 부려서 미안해. ……토모의 꿈을 박살 내버릴지도 몰라서, 미안해."

"그걸 각오하고 싸움을 벌인 거잖아? 그럼 됐어."

"토모……."

그녀의 목소리 톤뿐만 아니라 발음까지 이상해졌다.

그리고 고개를 깊이 숙인 그녀는 머리를 침대에 댔다.

너, 바보냐. 여자애가 오체투지 같은 거 하지 말라고.

그건 부탁할 때 취하는 포즈라고.

그리고 네가 그런 조신한 표정을 지으면 나도 여러모로 괴로우니까 그러지 좀 마.

"잘 자, 미치루."

문을 닫은 후, 겨우 그 녀석의 시선에서 해방된 나는 딱딱하게 굳히고 있던 표정을 풀면서 그 자리에 무너지듯 주저앉았다.

"하, 하하……."

이제 돌이킬 수 없다.

그러니, 마음속으로만, 본심을 말하겠다.

어이, 미치루여.

나야말로, 미안해.

나는 약속을 깨지 않을 거야. 그건 약속할게.

하지만 각오해.

너를 오타쿠로 만들 거지만, 나는 리얼충이 되지 않을 거야—.

제7장

잠깐만?! 최종장에서 신 캐릭터가
세 명이나 튀어나온다고?! (미사키)

"사와무라 양, 서둘러. 신호 바뀐단 말이야."

"기다려줘, 카토 양……. 잠시만 쉬었다 가자."

"아직 5분밖에 안 걸었잖아."

"사람에 조금 취한 것 같아. 그리고 이 거리는 대체 뭐야? 사람은 많지, 시끄럽지, 북적대지, 정말 짜증 나."

"흐음, 사와무라 양도 아키 군처럼 매주 이곳에 오는 줄 알았어."

"나는 평소에 외출을 거의 안 해. 기본적으로 통신 판매로만 물건을 산다구."

"여전히 학교에서의 이미지와는 완전히 동떨어진 은둔형 외톨이 생활을 하나 보네."

"그러고 보니 윤리 군에게 들은 적이 있어. 세계 최대의 통판여자 eririn.com, 통칭 konoama……."

"……다음에 또 그 말을 입에 담으면 변호사를 고용할 거야, 카스미가오카 우타하. 물론 통판으로 말이야."

※　※　※

인파로 북적대는 밖에서 다시 건물 안으로 들어가 보니, 그곳은 정적이 흐르고 있었다.

하지만 조용한 것도 지금뿐이리라. 몇 시간 후면 귀청이 찢어질 것 같은 큰 음량으로 가득 찰 것이다.

그것은 거리의 소음과는 다르지만, 사람들의 파워와 에너지가 자아내는 소리라는 점에서 본다면 같을지도 모른다.

"오늘은 전부 여섯 팀이 무대에 설 예정이고, 너희 순서는 첫 번째야."

"그 말은 우리가 메인디시 전의 애피타이저 같은 거라는 거네."

어떤 거리에 있는 빌딩의 지하.

『CLUB G-MINE』이라고 적힌 간판이 입구에 걸려 있는 조그마한 라이브 하우스.

"같은 거가 아니라, 바로 그 애피타이저야. 그것도 갑작스럽게 출연하지 못하게 된 밴드의 대역이지. 주최자에게 매달려서 겨우겨우 너희를 밀어넣었다고."

그리고 내가 매니저를 맡게 된 미치루의 밴드 『icy tail』

이 첫 무대를 가지는 장소.

그렇다. 몇 시간 후면 막이 열리는 것이다.

미치루의, 그녀의 동료들의, 첫 라이브 스테이지의 막이 말이다.

"너희들 『icy tail』은 이번이 첫 라이브인 데다, 지명도도 없고, 실적도 없고, 팬도 없잖아. 그러니까 티켓에도, 전단지에도, HP에도 너희 팀의 이름은 없어."

"즉, 우리를 보러 오는 손님은 없다는 거네……."

"하지만 그런 조건을 받아들였기 때문에 이렇게 빠르게 데뷔할 수 있는 거야."

그런 조그마한 라이브 하우스에 있는 조그마한 대기실에는 나와 미치루, 두 사람밖에 없었다.

다른 멤버는 현재 스테이지에서 리허설을 위해 세팅 중이었다.

"뭐, 설마 일주일 만에 라이브를 하게 될 줄은 꿈에도 몰랐어. 역시 내 사촌다워."

"하기로 한 이상 전력을 다한다. 너희가 성공하기 위한 최단거리를 내달린다. 이번 라이브는 그 첫걸음이야."

『icy tail』의 매니저를 맡은 후로 이 일주일 동안, 나는 전력을 다했다.

우선, 원래 말을 걸어줬던 라이브 하우스와 협상해봤더니, 여러 준비를 포함해 데뷔까지 두 달은 걸린다는 결론이

나왔다.

하지만 나는 『icy tail』을 크게 키우고 싶어 하는 그 라이브 하우스 경영자의 마음에 감사하면서도, 더 빠르게…… 그야말로 초고속으로 치고 올라갈 수 있는 길을 선택했다.

내가 지닌 모든 인맥을 동원하고, 그 외의 여러 "힘"을 구사해, 여러 방면으로 전력을 다해 노력한 결과, 오늘이라는 날과, 이 이벤트와, 이 『CLUB G-MINE』에서의 공연을 쟁취했다.

그렇다. 이 녀석들이, 이 날, 이곳에서 연주할 필요가 있기 때문에…….

"왠지 사람이 변한 것 같아, 토모."

"겁먹은 거야? 지금이라면 관둘 수 있어. 너희가 무대에 선다는 건 아무도 모르니까 말이야."

나는 도발하듯, 약간 모진 소리를 했다.

하지만 그것은 거짓말도 과장도 아닌, 단순한 현실이다.

만약 지금 이 녀석이 도망치더라도, 이벤트 개시 시각이 약간 늦춰질 뿐 라이브는 아무런 지장 없이 진행될 것이다.

하지만, 그런 짓을 한다면 미치루에게 두 번 다시 찬스가 찾아오지 않을 것이다.

주어진 찬스를 자기 것으로 만들 수 없는 녀석들은 도태될 수밖에 없다.

그것은 어느 세계에서나 상식이다.

그렇다. 아무리 연기를 해대더라도, 버그가 가득 있어도, 빚을 내팽개치고 도망쳐버리더라도 다른 회사를 차려서 또 도전할 수 있는 건 미소녀 게임 업계뿐이다.

하지만 나는 그런 미소녀 게임을 좋아— 이야기가 옆으로 샌 것 같으니 원래대로 되돌리겠다.

나의 도발에 가까운 모진 소리를 들은 미치루는—.

"겁먹었다고? 누가?"

—평소와 마찬가지로 가벼운 미소를 지었다.

"지명도 같은 건 오늘 전설의 무대를 만들면 바로 생겨. 실적 같은 것도 이제 이곳저곳에서 우리를 데려가려고 난리를 칠 테니까 금방 쌓일 거야. 팬은…… 우리 무대를 본 관객 전원이 우리 팬이 될 거야."

"……그 어이없을 정도의 빅마우스. 역시 내 사촌답군."

입만이 아니라, 이 녀석의 강심장도 정말 대단했다.

같은 편일 때 이렇게 믿음직한 녀석은 흔치 않을 것이다.

……그저 휘말리고 만 처지인 녀석은 죽을 맛이겠지만 말이다.

하지만 이렇게 어이없을 정도로 배짱이 좋기 때문에, 이 녀석은 지금까지 뭘 해도 자신의 재능을 꽃피울 수 있었던 것이리라.

뭐, 남은 문제는 다른 멤버들이 이 녀석을 따라올 수 있느냐, 일 것이다.

그런 생각을 한 순간, 대기실 문이 열리더니 사이드 포니
테일을 한 여자애가 얼굴을 내밀었다.

"리허설 시작할 때 다 됐어, 밋치~."

……이 스태미나 없는 천재 3점 슈터 같은 별명은 미치루
가 농구를 관둔 불량소녀라서 붙은 것이 아니라 그냥 이름
에서 따온 거라고 한다.

처음 들었을 때 "진짜 잘 지었네!"라고 외친 게 바보 같았
다.

"응, 알았어. 금방 갈게, 토키."

그리고 미치루에게 말을 건 몸집 작은 소녀의 별명 또한 4
형제 중 차남이라서가 아니라, 그저 본명이 히메카와 토키노
라서 붙은 것이라고 한다. 매우 명확하고 단순한 이유였다.

참고로 다른 두 멤버의 별명은 에치카, 그리고 란코다.

멤버들을 방금 말한 순서로 소개받은 나는 "뭐야, 점O
황금기 한정이 아닌 거야?!"라고 딴죽을 날렸지만, 미치루
는 전혀 이해하지 못했다.

"그럼 토모, 갔다 올게!"

"응, 열심히 해."

"아직은 열심히 할 필요 없어. 리허설이잖아."

평소와 마찬가지로 긴장한 기색을 보이지 않으면서 그렇
게 말한 미치루는 자신을 부르러 온 토키노…… 토키도 놔
둔 채 춤이라도 추듯이 대기실에서 나갔다.

뭐, 저 컨디션이라면 괜찮겠지.

내가 멀어져 가는 미치루의 등을 바라보고 있을 때—.

"저기, 앗키. 정말 괜찮은 거야?"

옆에서 약간 새된 느낌의 떨리는 목소리…… 아니, 긴장한 탓에 비브라토[2]가 섞인 목소리가 들렸다.

참고로 방금 나온 『앗키』는 밴드 안에서의 내 별명이며, 다른 밴드 멤버들과 처음으로 얼굴을 마주한 날 정해졌다.

미치루가 나를 부를 때 쓰는 『토모』라는 호칭은 지금 내 눈앞에 있는 소녀의 별명인 『토키』와 발음이 겹친다는 이유로 채용되지 않았다.

하지만 그것은 어디까지나 표면적 이유이고 실은 고도의 걸즈 커뮤니티적 판단에 따른 것이라고 들었지만, 그것이 무엇을 의미하는지는 아무도 가르쳐주지 않았다.

"미치루도 말했잖아? 아직 리허설이니까 마음 편히 가자고, 토키."

뭐, 아무튼 나는 얼굴이 약간 질린 미치루의 밴드 동료에게 격려의 뜻이 담긴 말을 건넸다.

조금 전에도 말했다시피 그녀의 이름은 히메카와 토키노, 통칭 토키다.

미치루와 마찬가지로 기타를 담당하며, 내 사촌이 들어오기 전까지는 보컬도 담당했다고 한다.

#2 비브라토 음악 연주에서 목소리나 악기의 소리를 떨리게 하는 기교.

사이드 포니테일이며 멤버 중에 가장 키가 작은 그녀는
『icy tail』의 마스코트적 존재다.

"아니, 내가 걱정하는 건 리허설이 아냐."

그녀의 키와 외모에 어울리는 약간 새되면서 빠른 어조는
애니메이션 성우틱해서 나 같은 오타쿠들의 귀를 청량하게
해줬다.

"그럼 뭐야? 지금까지 열심히 연습해왔잖아? 좀 더 자신
감을 가지고……."

"언제 밋치에게 사실대로 말할 거야?"

"……겨우 잊어가고 있었으니까 생각나게 하지 말라고."

하지만 현재, 이렇게 새되고 귀여운 목소리가 자아낸 말
의 내용은 모처럼 고양되어가던 내 정신을 순간 냉각시키
고도 남았다.

"하지만 여기까지 온 이상 들키는 건 시간문제란 말이야."

그것은 마치 『밴드 멤버들 상대로 바람을 피우고 있다는
걸 들킬 위기에 처한 바람둥이 남자와 도둑고양이』 같은 대
화였지만, 나에게 그런 짓을 할 능력이 있을 리가 없다.

"뭐, 구체적으로 말하자면 이제 한 시간도 채 남지 않았
을 거야."

"부탁이야, 앗키. 진짜 너만 믿을게."

하지만 그렇다고 해서 심각한 문제가 아니라고 판단할 수
도 없었다. 우리가 안고 있는 것은, 이 밴드의 존망이 걸린

심각한 비밀이기 때문이다.

"일단 리허설부터 끝내자고……."

그런 만큼…… 일주일 동안 계속 마음속에 품고 있었던 비밀을 밝히기 위해서는, 나에게도 나름의 각오가 필요했다.

미치루에게, 지금까지 당했던 것보다 더, 그야말로 너덜너덜해질 때까지 두들겨 맞고도 마음이 꺾이지 않을 각오가 말이다…….

※　※　※

"휴우, 드디어 『CLUB G-MINE』에 도착했네."

"여기가 그 여자의 라이브 하우스구나……."

"그렇게 무시무시한 표정 짓지 마세요, 카스미가오카 선배……. 어, 어머? 사와무라 양은 어디 갔죠?"

"좀 쉬다 오겠다면서 저기 있는 카페 엑○시오르에 들어갔어."

"예~? 공연 시작하기 전에 다 같이 대기실에 얼굴 비치기로 했는데……."

"나도 지금부터 서점 좀 둘러보고 올게. 아직 그럴 시간 있지?"

"두 사람 다 단체 행동 좀 해주면 안 되는 거예요?"

"……단체 행동을 하지 못하는 건 우리가 아니라 카토 양

아닐까?"

"예? 그게 무슨 말이에요?"

"멋대로 결정을 내렸잖아……. 우리와는 상담 한 번 안 하고 말이야."

"으음, 그건……."

"윤리 군이 그 여자 사촌의 매니저가 된 것. 서클보다 밴드를 우선시하는 것. 그리고 오늘이 그 밴드의 기념비적인 첫 라이브일이라는 것."

"멋대로 결정한 사람은 제가 아니라 아키 군인데요……."

"하지만 윤리 군의 그 결단을, 당신만은 알고 있었어. 당신만이 윤리 군에게 ″그렇게 해.″라고 말했어."

"아~ 그건 아키 군이 ″두 사람에게 괜한 걱정을 끼치고 싶지 않다.″고 해서……."

"그건 『카토 양에게는 괜한 걱정을 마구 끼쳐도 괜찮다』라는 의미로도 받아들일 수 있을 것 같은데?"

"그게 말이에요. 사와무라 양과 카스미가오카 선배는 작업을 중단하고서라도 아키 군을 도울 거잖아요? 하지만 저는 원래부터 그다지 도움이 되지 않았잖아요."

"그 『서로를 잘 알고 있는 듯한 느낌』이 정말 마음에 안 들어. 계속 마음에 걸려."

"으음……."

"……미안해. 단순한 혼잣말이었어. 내가 방금 한 말은 그냥 잊어줘."

"아, 예……."

"그럼 개장 시각 30분 전까지는 꼭 돌아오겠어. 잠시 실례할게."

"카스미가오카 선배는 혹시 꽤 성가신 타입?"

"사와무라 양은 나보다 훨씬 성가시니까 안심하도록 해. 너희 두 사람, 요즘 들어 꽤 사이가 좋아 보이던데 너무 친해지면 나중에 지옥을 보게 될지도 몰라."

"……제가 방금 한 말도 잊어줬으면 좋겠어요."

※　※　※

"자~ OK예요~! 수고했습니다~."

"감사합니다~!"

엔지니어가 마이크 너머로 한 말이 객석 구석까지 울려 퍼지자, 무대 위에 있는 네 사람 사이에서 안도 섞인 분위기가 흘렀다.

그리고 그 말을 들은 무대 위의 스태프와 기자재가 정신없이 움직이기 시작했다.

"그럼 다음 밴드 준비하세요~."

그렇다. 이것으로 『icy tail』의 리허설은 끝났다.

사실 놀라울 정도로 순조롭게 진행되고 순조롭게 끝났

다.

무대 옆에서 그녀들의 연주를 들으며 평소처럼 향수에 젖어 있던 내 곁으로, 멤버들이 차례차례 달려왔다.

그녀들의 얼굴에 떠올라 있는 표정은 조금 전 리허설의 결과를 그대로 나타내고 있었다.

"해냈다, 해냈어! 완벽해!"

가장 먼저 와서 만면에 미소를 지은 이는 히메카와 토키노, 통칭 토키.

남들보다 시간 감각이 짧기라도 한 것처럼 작고 높고 빠른 리액션으로 흥분을 폭발시킨 후, 그녀는 그대로 대기실을 향해 뛰어갔다.

만약 저 애에게 날개가 있었다면 1초에 500번은 날갯짓을 했겠지.

"응, 할 만하네. 생각했던 것보다 훨씬 괜찮아~."

그 다음으로 온 애는 토키보다 차분해 보였지만, 마음속에서 끓어오르는 흥분을 완전히 감추지는 못했다.

『icy tail』에서 베이스를 담당하는 미즈하라 에치카, 통칭 에치카.

쇼트 헤어를 흔들면서 주근깨 낀 얼굴에 미소를 머금은 그녀는 윙크를 한 번 날린 후, 가벼운 발걸음으로 대기실로 향했다.

밴드 멤버 중 분위기 메이커 역할을 하는 소녀이며, 멤버

중 유일하게 애인이 있다는 소문도 있지만 실력 하나만은
확실했다.

"⋯⋯⋯⋯응, OK."

그 뒤를 이어 세 사람 중 가장 냉정하고 말 수가 적은 밴
드 리더.

그래서 어떤 감정을 느끼고 있는지 알아내는 것은 어렵지
만, 그녀는 언제나 거짓말을 하지 않는다. 그러니 방금 그
말로 볼 때 꽤 만족하고 있는 것 같았다.

드럼 담당인 모리오카 란코, 통칭 란코.

긴 머리카락을 땋아서 늘어뜨리고, 마치 최강 캐릭터처럼
눈을 감고 있는 그녀는 조금 전 리허설을 곱씹듯, 양손을
꽉 쥔 채 천천히 통로를 걸었다.

그런 식으로 3인3색의 여자애들이 내 앞을 지나간 후⋯⋯.

"여어, 수고 많았어. 정말 완벽했어."

"그러니까 아직 리허설이라고 내가 말했지?"

"아, 아얏~! 인마, 아프잖아!"

그리고 마지막으로, 내가 내민 손을 전력을 다해 쳐낸 이
는 내 사촌이자 더부살이.

『icy tail』의 꽃, 보컬&기타, 효도 미치루, 통칭 밋치.

평정을 가장하고 있기는 하지만, 리허설을 통해 텐션이
올라간 것이 한눈에 보였기에 솔직히 좀 웃겼다.

하긴, 텐션이 올라가는 것도 무리는 아닐 것이다.

최근 몇 주 동안 삼촌과 다투느라 만족스럽게 연습도 못했을 뿐만 아니라, 밴드도 해산 위기에 직면했던 것이다.

하지만 최근 일주일 동안 상황이 급변하면서 부모님에게 밴드 활동을 허락받았을 뿐만 아니라 라이브 무대에도 서게 되었다. 그리고 멤버 전원이 만전의 상태로 라이브에 임할 수 있게 된 것이다.

……정말 앞으로의 반작용이 걱정될 정도였다. 아니, 무지막지하게 걱정됐다.

하지만 이것으로 모든 준비가 끝났다.

지금부터 진정한 싸움이 시작되는 것이다……. 미치루가 아니라, 나의 싸움이 말이다.

※　※　※

"저기, 토모. 방금 나간 애, 의상 한번 정말 엄청나네~."

"그, 그랬어?"

우리가 리허설을 끝내고 돌아오자 다음 차례인 사람들이 대기실에서 나갔다. 그 결과, 대기실에는 우리 밴드 멤버들만이 모여 있었다.

스쳐 지나가던 상대 밴드의 멤버들과 가볍게 인사를 나눈 미치루는 아무래도 그 밴드의 보컬로 보이는 여자애의 복장에 관심이 생긴 것 같았다.

"그렇잖아. 고양이 귀 같은 게 달린 카추샤를 쓰고 있었단 말이야. 옷에도 프릴이 잔뜩 달렸던데…… 설마 저 차림으로 노래를 하려는 걸까?"

"아~ 음, 글쎄~. 그런다고 딱히 문제 될 건 없을 것 같은데? 너희도 그렇게 생각하지?"

나는 미치루의 순진무구한 시선으로부터 도망치듯, 다른 세 사람을 향해 말꼬리를 돌렸다.

"나, 나는 그것도 오케이~라고 생각해! 이런 사람도 있고 저런 사람도 있는 거잖아."

"으음, 그그, 그래~. 그리고 우리는 우리 일만으로도 벅차잖아~."

"……."

내 말을 들은 세 사람도 약간 난처한 듯한 눈빛을 띠면서 필사적으로 무난한 대답을 했다. 란코 한 사람을 제외하고 말이다.

……이럴 때는 과묵 캐릭터가 정말 좋은 것 같네.

"그럼…… 라이브 전 최종 미팅을 시작하자."

"아, 응."

아무튼, 나는 잡담 무드로 변하려 하는 대기실 안의 분위기를 다잡았다.

라이브가 시작될 때까지 시간이 조금 있기는 하지만, 그 전에 해야 하는 이런저런 준비를 생각하면 이제 여유가 없었다.

※ ※ ※

"……그리고 이번 라이브의 의상은 로커 안에 준비해뒀으니까 미팅이 끝나고 나면 바로 갈아입고 스탠바이 해줘. ……혹시 질문 있어? 없으면 내가 할 말은 이걸로 끝이야."

그 후로 5분도 채 흐르기 전에 내 이야기는 끝났다.

미팅이라고 해봤자 지금까지 했던 말들을 다시 한 번 정리해서 전해주는 게 다이며, 멤버들 입장에서는 이제 와서 사무적인 부분들을 확인할 여유 같은 것은 없으리라.

"그럼 마지막으로…… 란코가 한마디 하지 그래?"

"…………밋치."

"정말 내가 해도 되겠어? 란코."

"…………응."

언제나 과묵한 우리의 리더는 최후의 순간까지 실질적인 리더 자리를 내팽개쳤다.

하지만 이런 관계야말로 『icy tail』의 진면목이리라.

미치루는 앞에서 끌어주고, 토키는 떠들어대며, 에치카는 너스레를 떨고, 란코는 침묵을 지킨다.

그런 네 사람은 지금까지 수많은 고난을 뛰어넘어왔다……. 그렇다. 분명 그래왔으리라.

그러니 이제부터는 지금까지 해왔던 대로 하면 된다.

"그럼 다들 손을 모아."

우리 다섯 명은 둥글게 둘러선 후, 앞으로 내민 오른손을 포갰다.

우선 미치루, 그 뒤를 이어 토키, 에치카, 란코, 그리고 마지막으로 나.

"오늘이 우리의 첫 라이브지만, 나는 눈곱만큼도 긴장하지 않았어."

그리고 미치루는 그녀가 좋아하는 체육 계열 특유의 정신론을 설파했다.

"참고로 내가 가장 가슴이 뛰었던 게 언제인지 알아?"

"으음, 문화제 때?"

"유감이지만 땡."

"뭐~ 그럼~ 언젠데~?"

"정답은 말이야. 너희와 처음 만난 날이야."

"……."

"너희 노래를 듣고, 너희 동료가 되고 싶어서 말을 건 후로…… 몇 번이나 무대에 섰지만 그때처럼 긴장한 적은 없는 것 같아."

미치루의 차분한 목소리가 모두의 굳어 있던 마음을 녹여갔다.

아마 그녀들의 마음은 1년 전 학교 음악실로 돌아가 있을 것이다.

"그러니까 오늘 이 날은 전혀 특별한 날이 아냐. 앞으로 우리가 수없이 오를 무대 중 하나에 불과해."

그리고 그녀의 이야기가 끝나려 한다는 사실을 눈치챈 전원이 고개를 들었다.

다들 결의에 찬, 그리고 충분히 릴렉스가 된, 그야말로 이상적인 표정을 짓고 있었다.

"그러니까 마음 편히 먹고…… 한번 해보자구!"

"오~!!!"

마지막으로 미치루가 힘껏 손을 아래로 내리자, 다들 그에 맞춰 기합이 들어간 목소리를 낸 후 흩어졌다.

이제 성공은 따 놓은 당상이다.

지명도도, 실적도 없는 밴드이기에 손님들이 어떤 반응을 보일지 예상할 수 없다.

어쩌면 아무리 뜨거운 연주를 하더라도 손님들이 흥겨워하지 않을 가능성도 있다.

그래도 그녀들은 결코 꺾이지 않을 마음과, 그 어떤 상황에서도 진심으로 즐길 수 있는 정신을 지니는 데 성공한 것 같았다.

"그럼 나는 밖에 나가 있을 테니까…… 옷 다 갈아입으면 불러줘."

그러니 남은 것은 지켜보는 일뿐이다.

그 뜨겁고, 즐거우며…… 완벽하게 내 취향인 무대를 말이다.

"토모!"

"응?"

대기실에서 나가려 한 순간, 미치루가 또 나를 불렀다.

"고마워……. 정말, 고마워……."

뒤를 돌아보자, 뭐라도 잘못 먹었는지 감격으로 가득 찬 채 촉촉하게 젖어 있는 미치루의 눈동자에는—.

—나만이 비치고 있었다.

"고맙다는 말은 전부 다 끝난 후에 해……. 안 그러면 너, 후회할걸?"

약간의 겸연쩍음이 섞인 목소리로 퉁명하게 말한 후, 나는 대기실 문을 닫았다.

※　※　※

"자, 대기실은 이쪽에 있어. 서두르지 않으면 라이브가 시작될 거야."

"……나, 역시 안 갈래."

"사와무라 양도 참. 여기까지 와서 그런 어른스럽지 못한 말 좀 하지 마."

"내버려 둬! 안 간다면 안 갈 거라구!"

"그러니까 오해란 말이야. 아키 군은……."

"지금의 사와무라 양에게는 무슨 말을 해도 소용없어, 카토 양."

"카스미가오카 선배……."

"사와무라 양은 자신이 가장 오래된 소꿉친구라는 점이 유일한, 최후의, 보잘 것 없는 버팀목이었어……. 하지만 그 버팀목이 같은 병원에서 태어난 사촌이 나타나는 바람에 산산이 조각난 데다가, 그 사촌에게 그를 빼앗기고 말았잖아. 지금 상황에서 그녀의 아이덴티티를 지켜줄 것은 아무것도 없어. ……정말 한심하고 꼴사납네. 마치 패잔병 같아…… 후훗, 후후훗……."

"아~! 알고 지낸 지 1년밖에 안 되었으면서 말도 안 되는 유대를 강요해온 얀데레 흑발 저주 인형이 뭔가 영문 모를 소리를 하는 것 같지만 하나도 안 들려~!"

"아아~ 정말, 두 사람 다 그만 좀 다퉈……. 괜찮아, 아키 군을 믿어줘."

"지금까지 그가 취한 언동 중 대체 어디를 믿으라는 거야?"

"공교롭게도 그 점에 관해서는 카스미가오카 우타하의 의견에 완벽하게 동의해."

"……그리고 갑작스럽게 단결하지 좀 마."

"그렇지만……."

"어쩔 수 없잖아?"
"자, 이제 그만 들어가자. 아키 군, 효도 양, 수고 많아—."

『토모오오오~! 널 죽이고 나도 따라죽을래~!』
『우와아아아아아아아아~! 그만해애애애~ 미치루~!』

"우왓……."
"방금 그게 무슨 소리지?"
"글쎄?"

※　※　※

"토모오오오~! 널 죽이고 나도 따라죽을래~!"
"우와아아아아아아아아~! 그만해애애애~ 미치루~!"
　귀청을 찢는 듯한 절규와 목이 찢어지는 듯한 절규가 동시에 울려 퍼졌다.
　전자는 미치루의 입에서, 후자는 내 입에서 터져 나왔다.
　그것은 조금 전 미팅 이후 겨우 15분 정도 흘렀을 즈음.
　우리가 눈물과 미소와 유대로 이어진 직후에 벌어진 일이다.
　……아니, 뭐, 이런 사태가 벌어질 거라는 건 예측하긴 했었다.

"미, 밋치……."

"아~ 지, 진정해. 응?"

"…………."

그렇다. 미치루 이외의 네 사람은 말이다.

그런고로, 이런 급박한 사태가 발생했는데도 불구하고 미치루의 밴드 동료들은 우리와 멀찍이 떨어진 곳에서 미치루를 말리거나, 달래거나, 혹은 침묵을 지키고 있었다.

……이럴 때 과묵 캐릭터는 정말 짜증 나네.

"저, 저기~. ……무슨 일이에요?"

바로 그때, 대기실 문이 열리더니 누군가가 얼굴을 내밀었다.

분명 라이브 하우스의 관계자가 고함 소리를 듣고 놀라서 무슨 일인지 알아보러 온 것이리라.

그렇다면…… 큰일이다.

내 목숨은 부지할 수 있겠지만, 밴드에게 있어서는 치명적인 사태였다.

그런 생각을 하면서 문 쪽을 쳐다보니…….

"어, 어라? 아키 군…… 이건 좀 이야기가 다른 것 같은데~?"

"……카토 양, 다시 한 번 묻겠는데 말이야. 윤리 군의 어디를 믿으라는 거야?"

"……동감이야."

그곳에는 어딘가에서 본 적 있는 세 사람이 매우 멍한, 차가운, 분노에 찬 시선으로 이쪽을 쳐다보고 있었다.

그렇다면…… 큰일이다.

밴드는 살았지만, 내 목숨이 최악의 위기에 처하고 말았다.

"아, 그게…… 별것 아니니까 신경 쓰지 마시길~."

"어떻게 신경을 안 쓰냐구!"

내가 양손을 흔들면서 아무 일도 아니라는 듯이 그렇게 말하자, 에리리가 단칼에 내 말을 완전 부정해주셨다.

"이 공개 기승위(騎乘位)는 뭐야? 게다가 올바른 의미에서의 코스튬 플레이까지 하고 있잖아."

그리고 우타하 선배의 정확하기 그지없는 정황 묘사가 나를 더욱 몰아붙였다.

……그럼 이쯤에서 지금 상황을 정리해볼까 한다.

장소는, 조금 전까지와 마찬가지로 라이브 하우스의 대기실.

그 방의 중심에 나와 미치루가 있었다. 그런 우리 주위에 토키와 에치카, 란코가 있으며 입구 쪽에 에리리와 우타하 선배가 서 있었다.

……아, 카토도 있군.

나는 미치루를 달래려 했고, 미치루는 무지막지하게 화를 냈다. 밴드 멤버들은 그저 안절부절못하고 있었고, 서클 멤버들이 무슨 생각을 하고 있는지는 상상조차 하고 싶지 않았다.

그리고 바닥에 쓰러진 내 위에 올라탄 미치루가 내 목을 양손으로 조르고 있는 일촉즉발의 상황이다.

아, 그리고 별것 아니지만, 미치루는 무대 의상으로 갈아입었다.

"설명해, 토모! 이 의상은 뭐야?! 오늘 라이브는 대체 뭐냐구!"

으음, 아무래도 본인에게 있어서는 꽤 중요한 일인 것 같았다.

뭐, 그럼 입기 전에 눈치채라고 말해주고 싶어졌다.

내 위에 올라탄 미치루가 입은 메이드풍 의상의 짧은 치마와 흰색 니삭스 사이에 존재하는 절대 영역은 완벽하게 내 하반신에 닿아 있었다.

뭐, 밑에 깔려 있는 사람에게는 그 감촉을 즐길 여유가 눈곱만큼도 없지만 말이다. 게다가 목까지 졸리고 있는 것이다.

"저, 저기, 이게…… 대체 무슨 일이에요?"

일단 상황은 알았지만 아직 원인, 아니 사태를 파악하지 못한 카토가 이제야 원점으로 되돌아갈 수 있는 질문을 던

졌다.

　그리고 조금 전부터 거북한 표정으로 이 사태의 추이를 지켜보고 있던 밴드 멤버 세 사람은 그제야 정신을 차렸는지, 냉정하게 이 상황을 설명—

　"으음, 그게 말이에요. 저기…… 뭐라고 할까요."

　"아~ 실은 남친이 여친의 영광스러운 첫 라이브 무대에, 불륜 상대를 불러서~."

(위: 앗키 / 밋치 / 당신들)

　"…………그것도 세 명이나."

　"너희들, 배신한 거냐?!"

　—해주지 않았다.

※　※　※

　『참고로 내가 가장 가슴이 뛰었던 게 언제인지 알아?』

　『정답은 말이야. 너희와 처음 만난 날이야.』

　그것은 지금으로부터 1년 전인 고1 가을에 있었던 일이다.

　장래를 촉망받던 농구도 "별생각 없이" 관둔 후, 하루하루를 어영부영 보내던 한 불량소녀틱한 여자애.

　평소와 마찬가지로 교실에서 졸다 방과 후가 되어서야 깬 그녀가 학교 건물에서 나가려고 한 순간…….

　그리운 느낌이 드는 선율이 음악실 창문 너머에서 들려

왔다.

『저기저기, 방금 그 곡, 뭐야?』
『흐음~ 그렇구나. 들은 적 없지만, 정말 좋은 곡이네!』
『아, 멈추지 마! 저기, 부탁이야…… 한 번만 더 연주해주
면 안 될까?』

음악실에는 세 명의 동급생이 있었다. 그녀들은 정말 능
숙하게, 그리고 즐겁게 악기를 연주하고 있었다.
게다가 그녀들이 연주하는 곡은 전부 다 그 소녀의 심금
을 울렸다.
그날부터, 이름 없는 방과 후 걸즈 밴드의 멤버는 네 명
이 되었고…….
그리고 며칠 후, 쑥쑥 실력이 느는 새 멤버의 이름에서 따
와, 『icy tail』이라는 밴드명이 생겼다.

그 후, 네 사람은 매일같이 방과 후에 음악실에서 놀면서
수많은 노래를 연주했다.
그리고 새로 들어온 소녀는 다른 멤버들이 준비한 기존의
곡만으로는 만족할 수 없게 되었고, 지금까지 연주한 곡들
의 감성에 맞춰 직접 곡을 만들게 되었다.
그 곡들은 멤버들에게 찬사를 받았고, 문화제에서 그 곡

들을 연주했더니 이번에는 동급생들에게까지 찬사를 받았다.

그리고 그녀들 『icy tail』은 문화제로부터 일주일 후, 여자 고등학교의 방과 후 밴드를 졸업했다.

신인 인디즈 밴드로, 자신들을 진화시키기 위해서······.

※　※　※

······자, 이 감동적인 에피소드의 뒤편에는 또 하나의 이야기가 존재했다.

그것은 소녀들의 이야기와 같은 시간, 같은 장소에서 펼쳐졌다.

그리고, 그 소녀의 시점이 아니라, 그 소녀를 지켜보는 시점에서 펼쳐진 이야기다.

그럼 여기서부터는 멀티 사이드 형식으로 이야기하겠습니다.

처음부터 음악실에 있었던 방과 후 걸즈 밴드의······ 아니, 애니메이션 송 동호회의 활동 기록을 말입니다요.

『저기 저기, 방금 그 곡, 뭐야?』
『응? 아, 으음, 좀 오래된 거야. 「지라이어즈」의 OP인데······.』

『흐음~ 그렇구나. 이 곡, 「지라이어즈」라고 하는구나.』

『아~ 그렇지 않아. 그건 어디까지나 작품명이고~ 곡명은…….』

『작품? 앨범명을 말하는 거야?』

『…………뭐?』

『들은 적 없지만, 정말 좋은 곡이네!』

음악과 애니메이션이라는 두 가지 공통된 취미를 통해 의기투합한 세 사람은 방과 후에 모여서 각자가 좋아하는 고전 애니메이션 송을 연주하고 노래했다. 다른 동급생들은 좀처럼 이해하기 힘든 내향적인 활동을 즐겨온 것이다.

하지만 어느 날, 그런 그들 사이에 이분자(異分子)가 끼어들었다.

농구부의 전(前) 1학년 에이스.

교내 인기 넘버원(단, 여고).

그런 (여고 안에서 볼 때) 리얼충의 상징인 효도 미치루.

『저, 저기, 진짜로 효도 양을 멤버로 받아들일 거야?』

『그 애, 우리가 연주하는 곡이 어떤 건지 모르는 게 분명하다구~.』

『…….』

미치루와 어느 정도의 거리를 유지해야 할지 감이 오지 않은 세 사람은 일단 자신들의 취미를 숨긴 채 지금까지처럼 활동을 계속해왔다.

자신들이 마음에 들어 하는 애니메이션과 게임의 곡을 가지고 와서 마음에 들면 연주하고, 마스터하면 또 다른 곡을 찾아봤다.

그 사이, 미치루는 이 곡들의 정체를 단 한 번도 눈치채지 못했다. 하지만 이 곡들에 빠져들면서 영향을 받은 그녀는 결국 작곡까지 시작했다.

그래서 미치루가 만든 곡에서는 때때로 90년대 애니메이션과 J-POP을 융합한 듯한 향기가, 때로는 ○○년대 최루탄 게임의 센티멘털한 울림이, 때로는 건○이나 BOSAOA의 TOR 같은 느낌이 엿보였다.

그 선율에는 오타쿠를 매료시키기에 충분할 정도의 작법과 문화가 담겨 있었다.

그렇다. 본인도 미처 알지 못하는 사이에 그 오타쿠계열 작곡가&플레이어로서의 재능을 꽃피우고 만 미치루였던 것이다.

※　※　※

"……."

"……"

"저기, 당사자를 앞에 두고 『미치루였던 것이다』 같은 소리 하지 말아줄래?"

내 혼신의 멀티사이드 회상을 들은 미치루의 몸에서 힘이 빠져나갔다.

살았다. 특히 목 언저리가 말이다. 조금만 더 그러고 있었으면 의식을 잃을 뻔했다. 그리고 까딱 잘못했으면 영영 의식이 돌아오지 않았을 것이다.

"거짓말이지……?"

하지만 목숨이 경각에 처했던 나보다 미치루의 얼굴이 더 새파랗게 질려 있었다.

그녀는 세상이 끝난 것 같은 표정을 지은 채 망연자실한 눈으로 쳐다보고 있었다.

……내가 아니라, 동포라 믿었던 세 사람을 말이다.

"거짓말이지?! 그렇지?! 뭐라고 말 좀 해봐! 토키! 에치카! 란코!"

"……"

"……"

"……"

미치루의 말을 들은 세 사람은 동시에 고개를 숙인 채 침묵을 지켰다.

아, 한 명은 평소와 같은 리액션이었다.

"저, 저기~『icy tail』여러분, 슬슬 스탠바이 해주셨으면 합니다만~."

그리고 분위기 파악 못 하는…… 아니, 분위기를 파악해서는 안 되는 라이브 하우스 스태프가 우리를 부르러 왔다.

그렇다. 이런 엄청난 소동이 벌어지고 있는 와중에도 라이브 개시 시각은 시시각각 다가오고 있었다.

아키하바라 『CLUB G-MINE』에서 매달 열리는 애니메이션 송·게임 송 라이브가 시작될 시간이 말이다…….

"아, 아하하하하! 정말 충격적인 사실이지? 밋치~!"

사이드 포니테일에, 멤버 중 가장 키가 작으며, 『icy tail』의 마스코트적 존재……이자 성우 오타쿠. 성우 라이브 단골 관객. 기타부터 오타게이[#3]까지 할 줄 아는 멀티 플레이어. 장래의 꿈은 미즈○ 나○ 전속 밴드…… 좀 늦은 거 아냐?

"네가 말이야~. 애니메이션 이야기 같은 걸 하면 기분 나빠하니까 말하지 못했어~."

에치카가 평소와 마찬가지로 약간 늘어진 듯한 목소리로 말했다.

단발머리에, 얼굴에 주근깨가 있는 『icy tail』 최고의 분위기 메이커……이자 니코니코동화 마니아. 그녀의 남친은 보컬로이드 프로듀서라는 소문이 있다. 그리고 그녀의 진짜

#3 오타게이(オタ芸) 콘서트 등에서 팬들이 하는 독특한 움직임이나 함성을 동반한 응원.

야망은 미치루를 니코니코동화에 데뷔시키는 것이라든 가…….

"…………미안."

"이제 와서 미안해하면 어쩌자는 거야!"

아, 소개를 하기도 전에 미치루가 딴죽을 날렸군. 아무튼 마지막으로 란코가 평소와 마찬가지로 짤막하게 말했다.

항상 차분하고 과묵하며 무표정한 『icy tail』의 리더…… 이자, 평범한 애니메이션 오타쿠. 어떤 밴드 애니메이션에 빠졌을 때 드럼을 맡은 캐릭터를 가장 좋아했기 때문에 스 틱을 쥐었다는, 코어함과는 약간 거리가 있는 여자애.

"미치루…… 네 주위의 세계는, 네가 생각하는 것보다 쬐 끔 오타쿠틱하다고."

"이게 무슨 쬐끔인기고!"

너무 큰 충격을 받았는지 미치루의 말에 사투리가 섞였다.

하지만 믿기지 않는 것도 무리는 아닐 것이다. 이런 편의 주의……가 아니라, 소설보다 기구한 현실과 맞닥뜨렸으니 까 말이다.

게다가 나도 카토의 조언을 듣지 못했다면 눈치채지 못했 을 것이다.

미치루가 자아내는 선율이 나를 왜 이렇게 감동시키는 것 일까.

왜 내가 만드는 게임에 어울릴 것이라고 확신하는 것일까.

그 의문이 풀린 계기는 바로, 미치루의 곡을 처음 들은 카토가 별생각 없이 입에 담은 한마디였다.

『뭐랄까, 엄청 그리운 느낌의 곡이야. 마치 고전 애니메이션이나, PS 미소녀 게임의 테마곡처럼 안도감이 느껴진달까…….』

『……저기, 아키 군.』

『응?』

『나, 이 노래 들어본 적 있는 것 같아.』

『……뭐?』

결론부터 말하자면, 그것은 카토의 착각이었다.

그 후, 우리는 카토의 기억에 근거해 키워드를 추출한 후, 내 라이브러리에서 여러 가지 애니메이션 송과 게임 음악을 뒤졌다.

그리고 한 시간 후, 카토가 "아, 이거야."라고 말하면서 지목한 곡은 미치루의 곡과는 멜로디 라인이 달랐다. 이걸 표절이나 트레이싱이라고 하는 것은 작곡가에 대한 무례라고 말할 수 있는 레벨이었던 것이다.

아, 노래를 베끼는 건 트레이싱이라고 하지 않았던가.

아무튼, 그때 카토가 찾은 원곡은 엄연히 다른 곡이기는 했지만 분위기와 사상이 비슷한 것만은 틀림없다는 확신도 가졌다.

그리고 그때, 나는 감이 왔다.

미치루의 작곡에 영향을 준 밴드 동료들 중, 분명 한 명 정도는 오타쿠가 섞여 있을 거라고 말이다.

……설마 전원이 오타쿠일 거라고는 꿈에도 생각하지 못했다.

그리고 그 다음부터의 내 행동은, 자기 입으로 이런 말을 하는 것도 좀 그렇지만 번개 같았다.

『icy tail』 멤버들과 처음으로 만난 날, 미치루가 잠시 자리를 비운 사이에 오타쿠 관련 이야기를 미끼 삼아 꺼내자, 그녀들은 엄청난 기세로 그 미끼를 덥석 물었다. 그런 그녀들을 본 순간, 나는 확신했다.

그것도 그럴 것이 그녀들은 카시와기 에리와 카스미 우타코까지 아는 전도유망한 오타쿠들이었던 것이다.

뭐, 그 두 사람이 지금 이 자리에 있다는 것은 밝히지 않겠지만 말이다.

그 후, 나는 미치루 몰래 그녀들과 매일같이 이야기를 나눴다.

그녀들이 진정으로 추구하는 길에 관해 매일같이 밤늦게까지 격론을 나눴다.

이대로 평범한 인디즈 록 밴드를 추구할 것인가.

아니면 셋이서 밴드를 시작했을 때처럼, 자신들이 좋아하는 장르를 추구할 것인가.

그리고 미치루는 어떻게 할 것인가.

앞으로도 그 녀석에게 이 사실을 숨긴 채 같이 활동할 것인가.

모든 비밀을 밝히고 해산하는 수밖에 없는가.

아니면 모든 비밀을 밝힌 후에도 그녀와 함께 활동하고 싶은가.

평소처럼 억지로 밀어붙이지 않은 나는 상대의 의견에 귀를 기울이고, 내 의견을 솔직하게 말했다.

그저 나에게 유리한 쪽으로 그녀들을 유도하는 것이 아니라, 모두가 가장 행복해질 수 있는 길이 무엇인지 열심히 생각했다.

왜냐하면, 그렇게 해도 나에게 유리한 쪽으로 결론이 날 것이라고 믿었기에.

그녀들의 가슴속에 잠들어 있는 오타쿠의 피는 그렇게 간단히 사라지지 않을 거라고 믿었기에.

그리고 미치루의 소울이, 그 녀석이 자아내는 음악의 원점이, 어디인가도……

그리고 그녀들은 결심했다.

자신들이 처음 추구했던 길로 되돌아가기로.

그리고 미치루도 포기하지 않기로.

그녀와 함께, 애니메이션 송 라이브를 하기로.

실은 그 결론은 어젯밤에야 겨우 났다.

그래서 사전에 미치루를 설득할 시간이 없었다.

오늘, 이 라이브 하우스에서 하늘에 운을 맡기고 단판 승부를 벌일 수밖에 없었다.

※　※　※

"……여전히 무모한 짓을 하는구나, 윤리 군."

오래간만에 들은 우타하 선배의 딴죽이 반가웠다.

왠지 내가 무슨 짓을 벌여도 "정말 못 말린다니깐."이라고 말하며 쓴웃음을 지을 것만 같았다.

"정말, 이걸로 저 여자애들의 커뮤니티가 붕괴된다면, 너는 돌이킬 수 없는 짓을 저지른 악인 중의 악인이 된다구."

오래간만에 에리리에게 질책을 들은 게 기뻤다.

왠지 동료들이 전부 나를 버리고 떠나간 후에도, 그녀만은 홀로 내 곁에 남아 있어줄 것만 같았다.

"그래도 할 수밖에 없잖아. 왜냐하면……."

"왜냐하면?"

그리고 나를 바라보면서 의문을 던지는 카토의 눈빛도…… 뭐, 왠지 나쁘지는 않은 것 같았다.

"왜냐하면, 『장수를 쏘려면 우선 성(城)을 함락시켜라.』라는 말도 있거든."

"그런 말 없어."

"그런 말 없거든?"

"그런 말 없다구."

"어라~?"

하지만 상냥한 세 사람도 고사성어의 잘못된 인용에는 엄격한 것 같았다.

뭐, 아무튼, 그런 흐뭇한 에피소드는 제쳐두고…….

"자아, 선택해 미치루. ……그 의상을 입고 무대에 서겠어? 아니면 옷을 갈아입고 여기서 나가겠어?"

"으……."

미치루는 여전히 내 위에 올라탄 상태였다.

그래서 나는 바닥에 드러누운 채 미치루의 눈동자와 천장의 형광등을 쳐다보면서 말을 쥐어짜냈다.

"좀 전에도 말했지만 관둬도 돼. 그럴 거면 지금 바로 사과하러 가야 하니까 내 위에서 비켜."

"토모……."

"하지만 미치루…… 토키와 에치카, 란코는 무대 위에서 너를 기다리고 있다고."

"뭐……."

그 말을 들은 미치루는 다시 한 번 동료들을 쳐다보았다.

그리고 그녀들 또한…….

"미안, 미안해, 밋치! 숨겨서, 정말 미안!"

미치루의 시선을 받은 토키가 고개를 푹 숙였다.

"지금까지는 말이야. 밋치가 바라는 대로, 록을 하는 척하는 것도 즐거워서, 이대로 쭉 해도 괜찮겠다고 생각했어……."

"하지만 결국 그건 우리에게 있어 거짓말에 지나지 않았어……."

그리고 그 마음을 에치카가 이어받았다.

"아니, 그건 너한테 있어서도 거짓말이었어……. 내 말 무슨 뜻인지 알지?"

"…………밋치, 같이 하자."

그리고 란코가 자신의 마음을 응축해서 담은 한마디를 쥐어짜듯 입에 담았다.

그것은 카스미 우타코가 자아내는 대사처럼 세련되진 않았지만…….

그래도 캐릭터의 솔직한 마음이 그대로 끓어오른 것처럼, 그 안에는 강한 힘이 담겨 있는 듯이 느껴졌다.

그러니 그 마음은 분명 미치루에게도 전해졌을―.

"하지만, 하지만…… 상대는 오타쿠란 말이야."

"너, 아직도 그딴 소리를……!"

"그러니까 그런 의미가 아니라…… 좋아한다 안 한다를 떠나서, 오타쿠에 대해 아는 게 전혀 없단 말이야!"

그 순간, 미치루의 얼굴에 떠오른 것은 혐오가 아니라 당황이었다.

미치루의 『모른다』는 마음은 아마 그녀에게 있어 진심이리라.

그렇기 때문에 은폐형 오타쿠 세 명의 정체도 꿰뚫어 보지 못했다.

아키하바라에 있는 라이브 하우스로 데려올 때도 우리의 속셈을 눈치채지 못했다.

"지금까지 그런 사람들을 이해하려고 하지 않았단 말이야……. 그래서 자신이 없다구."

"하지만 나는 이해했잖아?"

"그건 토모라서야! 다른 오타쿠는 눈곱만큼도 모른단 말이야!"

……미치루가 그 말을 한 순간, 한쪽에서 『휴우~ 휴우~.』하고 놀려대는 소리가, 다른 한쪽에서는 『뿌직』하고 뭔가가 끊어지는 소리가 들린 것 같은 느낌이 들었다. 하지만 나는 그 소리의 발신자를 확인하려 하지 않았다. 필사적으

로 말이다.

왜냐하면 지금은 그것보다 중요한 일이 있거든.

"네 진심이라는 건 겨우 그것밖에 안 되는 거야? 의상이 좀 모에하다고 해서 노래를 못 하게 될 만큼 약해빠졌냔 말이야!"

"뭐, 나라도 저런 부끄러운 옷차림으로 노래하라고 했으면 마음이 꺾일 거야."

"당신의 젖소 코스프레 같은 건 아무도 보고 싶어 하지 않을걸?"

"그래도 살아 있는 생물이니까 닭 껍질 코스프레를 해야 하는 누구 씨보다는 나을 것 같은데?"

확인 안 해. 확인 안 할 거라고⋯⋯. 누가 말하고 있는 건지 바로 감이 오지만 말이야.

"걱정하지 마⋯⋯. 미치루라면 할 수 있어."

"토모⋯⋯."

나는 미치루의 얼굴에 맺힌 불안 섞인 표정을 없애주고 싶은 마음에 이번에는 미소를 지었다.

"왜냐하면 너는 애니메이션 송과 게임 음악을 『좋은 곡』이라고 인정하고, 경의를 표할 수 있는 감성을 이미 지니고 있잖아."

하지만 그것은 전혀 근거 없는 칭찬이 아니다.

진심으로, 마음속 깊은 곳에서 미치루를 믿고 있기 때문에 이런 미소를 지을 수 있고, 이런 말을 할 수 있는 것이다.

"그러니까 분명 전해질 거야……. 네 곡은 분명 오타쿠들의 귀에 전해질 거라고!"

"아, 혹시나 해서 말해두는데, 이번 라이브용 곡들은 전부 오타쿠들이 좋아할 만한 노래들이니까 반응 하나는 폭발적일 거야."

"뭐~ 밋치에게 안 들키게 최신 애니메이션 송을 주입시키느라 고생 좀 하기는 했지만 말이야~."

아니, 저기 말이야…….

조금 전에 그런 멋진 말 해놓고 그딴 소리 하면 말짱 꽝이 된다고…….

"앞으로도 너희 밴드의 매니저 일을 계속할 거고, 게임도 만들 거고, 양쪽 다 성공시킬 거야. 그러니까 지금은 잠자코 나를 따라와 줘……."

"토모…… 하지만."

"미치루!"

"으, 응?"

"나와 함께, 행복해지자!"

"뭐……?!"

"잠깐."

"아~아."

"큭……."

"우햐~."

"…………."

"어버버버."

"아, 다 같이 말이야! 다 같이!"

자, 문제입니다. 누가 어느 대사를 말했을까요?

정답은…… 물론 확인하지 않을 겁니다요.

※　※　※

올 스탠딩으로 150명이 겨우 들어갈까 말까 한 객석에 현재 와 있는 사람들은 약 50~60명 정도다.

앞으로 후반부에 출연하는 인기 밴드를 보러 관객들이 오겠지만, 고지(告知)조차 되지 않은 애피타이저 밴드를 보러 오는 숫자는 아마 이 정도가 한계일 것이다.

나는 그런 텅텅 빈 객석의 뒤편에 있는 벽 근처에 서서 무대 위를 올려다보았다.

어둑어둑한 무대 위에서는 『icy tail』의 멤버 네 명이 세팅을 하고 있었다.

내 옆에 있는 카토는 처음 와본 라이브 하우스가 신기한지 실내를 둘러보고 있었고, 우타하 선배는 태블릿으로 독서를, 에리리는 심심한지 스마트폰을 만지작거리고 있었다.

어이, 라이브 하우스 안에서는 핸드폰을 꺼두라고.

하지만 우리 이외의 손님들도 비슷한 느낌이었다. 딱히 텐션이 높아 보이지 않는 그들은 적당히 잡담을 나누면서 시간을 보내고 있었다.

뭐, 라이브가 시작되기도 전부터 텐션이 MAX인 손님이 존재할 리가 없지만 말이다.

1번 타자에게 있어 스타트 직전의 미묘한 시간대가 상당한 압박으로 작용할 것이다.

그것도 그럴 것이 분위기가 전혀 달아오르지 않은 상태이기 때문에 처음 보는 밴드가 연주하는 첫 곡에 아무도 호응해주지 않는 것이다.

이 첫 순간의 세례를 어떻게 극복하는가가 『icy tail』 앞에 놓인 첫 번째 허들이다.

과연 이 시련을 멋지게 극복할 수 있을 것인가…….

바로 그때, 무대 위의 조명이 켜지면서 미치루를 비롯한 멤버들이 비춰졌다.

그 순간, 술렁임에 가까운 환성이 무대를 향해 쏟아졌다.

이 밴드의 장점 중 하나가 효과를 나타낸 것이다.

그것은 바로…… 무대 중앙에 선 미치루의 비주얼이다.

여자애치고는 키가 크고, 팔다리 또한 길며, 여러 가지 운동을 해왔기 때문에 몸매도 좋으며, 얼굴 또한 근사하다.

여자 고등학교에서 엄청 인기 있을 것 같은 비주얼계 여자애가 하늘거리는 메이드복을 입고 부끄러워하면서 무대 위에 선 모습은, 예상대로 오타쿠들의 마음도 사로잡은 것 같았다.

그 녀석들(나를 포함해)은 갭에 약하거든…….

그런고로, 우선 제1단계인 관객들의 시선을 끄는 데 성공했다.

그 뒤를 이어 제2단계…… 지금부터 진정한, 라이브로서의 승부가 시작된다.

애니메이션 송 라이브의 첫 곡 선정은 쉽지 않다.

특히, 아까부터 말했듯이 1번 타자의 첫 곡이라면 더욱 어려울 것이다.

물론 그런 상황에서 가장 효과적인 곡은 이번 분기의 패권을 쥔 애니메이션의 주제가다.

그런 잘 나가는 노래를 할 수만 있다면 처음이든, 마지막이든, 앙코르든 상관없이 니코니코의 탄막 영상만큼 분위기를 띄울 수 있다.

하지만 그런 곡을 선택할 권리가 애피타이저 급인 밴드에게 있을 리가 없다.

아니, 우리가 연주 리스트를 제출하기도 전에 다른 밴드들이 다 차지했다.

그래서 첫 번째 곡 선정에 있어서는 난항에 난항을 거듭했다.

절대 망쳐서는 안 된다. 하지만 지금이 제철인 곡을 쓸 수도 없다.

그리고 가장 중요한 점은……『icy tail』다운, 미치루다운 곡이어야 한다는 점이다.

그래서 우리가 내린 결론은…….

란코의 스틱이 네 번 맞부딪혔다.

토키의 기타가 울부짖고, 에치카의 베이스가 그 뒤를 따랐다.

미치루…… 밋치는 아직 기타를 잡지 않은 채, 마이크에 입을 댔다.

"우와아,『지라이어즈』~."
"언제 적 노래를 부르는 거야?!"

객석에서 감탄으로도, 어이없어하는 것으로도 받아들일 수 있는 딴죽이 흘러나왔다.

그렇다. 이것이 우리가 내린 결론이다.

유행 따위 우리가 알 바 아니다.

좋은 곡은 세월이 아무리 흘러도 좋다.

재미있는 것은 세월이 아무리 흘러도 재미있는 것이다.

그것도 그럴 것이, 『지라이어즈』는 지금 봐도 재미있다고!

오프닝만 봐도 텐션이 끓어오른단 말이야!

"와~ 아키 군. 나도 이거 재방송으로 봤어~."

거 봐, 카토에게도 전해지잖아……. 완전 최고라고!

스테이지 위의 미치루는 역시 멋졌다.

그리고…… 의상 탓에 꽤나 모에했다.

무대에 오르기 전에 이런저런 일이 있었기 때문에 조금 걱정했지만, 전부 기우로 끝났다.

처음부터 목청껏 목소리를 냈다. 관객들에게 휘둘리는 것이 아니라, 관객들을 휘둘러대고 있었다.

제대로 관객들을 끌어당기고 있었던 것이다.

그 덕분일까. 미치루의 샤우팅에 끌어당겨지듯 처음에는 당황하던 관객들도, 연주가 계속되자 점점 당시 애니메이션을 보면서 느꼈던 흥을 되찾아가고 있었다.

하이라이트 부분에서는 어느새 장단을 맞추고 있었다.

간주 부분에서는 작품에서 나왔던 필살 주문의 영창을 하는 녀석도 있었다.

그래그래. 당시에는 다들 그 긴 주문을 외웠었지~.

응. 역시 이 곡으로 하길 잘했어.

왜냐하면 이것은 미치루와 다른 세 사람을…….

『icy tail』을 이어준, 만남의 곡이니까 말이다.

※　※　※

"감사합니다~!"

첫 곡이 끝난 후, 미치루가 객석을 향해 첫 인사를 한 순간…….

관객들이 보여주는 뜨거운 반응을 접한 미치루는 놀랐는지 눈을 치켜뜨며 잠시 침묵했다.

원래 이때는 관객들에게 말을 걸거나 장난을 치면서 일체감을 고조시키는 것이 기본이며, 그런 퍼포먼스가 라이브의 참맛이라 할 수 있다. 하지만 갓 데뷔한 밴드에게 그런 것을 기대하는 것은 무리일 것이다.

아무튼, 지금까지는 잘하고 있있다.

그럼 지금부터 제3단계.

라이브로서의 승부에서, 애니메이션 송 라이브로서의 승부로 전장이 바뀐다.

애니메이션 송 라이브의 MC, 즉 라이브 사이의 토크는 일반적인 라이브의 토크보다 어렵다.

그것도 그럴 것이, 오타쿠를 타깃으로 한 밴드는 노래만이 아니라 캐릭터도 팔아야 하기 때문이다.

하지만 오타쿠의 마음을 사로잡기 위해서는 단순히 아양만 떨어서는 안 된다.

모에에 기초해 아양을 떨 것이라면, 진심으로, 철저하게 모에에 기초해 아양을 떨어야만 팬들이 바라봐 줄 것이다.

전직 호스티스들을 모아서 운영하는 날강도 메이드 카페 같은 것은 그야말로 어불성설이다.

뭐, 가본 적은 없지만 말이다!

아무튼, 지금의 『icy tail』에게 그런 방향의 캐릭터성을 부여하는 것은 무리이리라.

그것도 그럴 것이 이 밴드의 간판이라고 할 수 있는 미치루가 초보 오타쿠인 것이다. 그런 밴드에게 그런 것까지 바라는 건 무리다.

그러니 지금은 ″꾸미지 않은″ 이 녀석으로 어떻게 할 수밖에 없다.

그래서 우리가 낸 결론은······.

"여러분, 안녕하세요······. 으음, 『icy tail』이에요."

미치루는 그녀답지 않게 꽤나 긴장했는지 말을 약간 더듬고 있었다.

　아마 첫 라이브일 뿐만 아니라 당초 예상했던 손님 층이 아니라는 점이 아직도 마음에 걸리는 것일지도 모른다.

　그렇기 때문에, 지금은 심술궂은 관객이 필요했다.

　"어~ 뭐라고~? 하나도 안 들려~!"

　"그러니까, 『icy tail』이라고……."

　지인…… 아니, 자신을 요 모양 요 꼴로 만든 원흉의 얄미운 딴죽을 들은 미치루는 약간 울컥했는지 표정과 말투가 퉁명스러워졌다.

　하지만 그런 그녀를 보고도 기가 죽지 않은 나는…….

　"그러니까 안 들린다고~! 좀 더 큰 소리로 말해~!"

　"아아, 정말! 그러니까 『아이시테일#4』이라고 말했잖아! ……앗."

　미치루가 깜짝 놀란 순간, 마치 기다리고 있었다는 듯이 다른 세 사람이 각각의 악기로 짧은 멜로디를 냈다.

　그러자 "짰던 거냐!"나 "귀여워~." 같은 목소리가 객석에서 흘러나왔다.

　관객들의 그런 생각지도 못한 반응에 따라가지 못한 미치

#4 아이시테일(アイシテイル) 『icy tail』의 일본어 발음과 일본어로 사랑한다는 말인 『愛している』의 발음이 같다는 점을 이용한 언어 유희.

루는―.

"어? 으, 으음…… 거, 거기, 웃지 마~!"

―이 상황에서 뭘 어떻게 해야 할지 감이 오지 않는지 완전히 당황하고 말았다.

물론 관객들은 그런 미치루의 "꾸미지 않은" 리액션을 보고 더욱 재미있어했다.

"좋아, 먹혔어……!"

"으음…… 이런 걸 보고 스텔스 마케팅이라고 하던가?"

옆에 있던 카토가 불온한 혼잣말을 중얼거리고 있었지만, 그냥 무시했다.

"으……."

"으……."

그리고 조금 전부터 내 몸에 발차기와 주먹질이 작렬하고 있는 것도 무시했다.

저기, 진짜로 아프니까 두 사람 다 그만해.

이것은 미치루 이외의 멤버들이 밴드 명을 정했을 때부터 생각해왔던 개그였다.

하지만 그것이 정형화되는 두 번째 이후와는 달리, 처음으로 시도한 이번은 그야말로 소재만을 이용한 벼락치기 승부에 가까웠다.

그 결과, 멤버들 간의 완벽한 연계, 그리고 미치루의 예상치 못한 『앗』 덕분에 기대 이상의 효과를 보였다.

말하자면, 딱 한 번밖에 볼 수 없는 리액션을 보고 처녀 성애자들이 환희하고 있는 것이다.

그 후에 이어진 미치루의 토크는 정말 엉망진창이었다.

하지만 결국 그게 제대로 먹혔다.

아직 모에를 어필할 수 없는 미치루가 오타쿠들에게 받아들여지는 길…… 그것은 괴롭혀줘 캐릭터로서의 지위를 확립하는 것이다.

그것이 나와 멤버들이 며칠 동안 고민하고 고민한 끝에 내린 결론이다.

……물론 그 자리에 미치루는 없었지만 말이다.

※　※　※

그 후에도 『icy tail』의 무대는 뜨겁게 달아올랐다.

두 번째 곡은 유명 최루 게임의 주세가였고.

그 다음으로 오리지널 곡을 선보였는데도 객석의 반응은 여전히 뜨거웠다.

그리고 마지막 곡을 끝낸 후…… 끝없이 이어지는 박수가, 그녀들이 대성공을 거뒀다는 것을 가리키고 있었다.

"으음, 미치루?"

"……."

그런 전설……까지는 가지 않았지만, 분명 호평 속에 끝난 『icy tail』의 무대 직후.

축하해주기 위해 찾은 대기실 바닥에서는, 원래 축하를 해주러 온 내가 어찌된 영문인지 거친 환영을 받고 있었다.

"대체 왜 이러는 걸까나~?"

"……입 다물어, 토모."

즉, 스테이지 개막 전과 마찬가지로 마운트 포지션을 당하고 있었다.

그것도 무대 의상을 입은 미치루에게 말이다.

하지만 이번에는 한 시간 전처럼 절규와 오버 리액션을 선보이며 나를 밀쳐서 쓰러뜨리지 않고, 아무 말 없이, 아무런 전조도 없이, 재빨리 내 발을 걸어서 넘어뜨렸다.

그녀의 그런 전광석화 같은 움직임에 나는 전혀 반응하지 못했다.

……평소에는 짜고 치는 느낌의 프로 레슬링이라면, 이번에는 진검승부를 할 생각인 것 같네.

"아, 아키 군?"

"나 역시 돌아갈래."

"저 애, 항상 기승위를 고수하잖아. 진짜 사디스트인 것 같네."

여전히 정확한 표현과, 나를 향한 무자비함이 인상적인 서클 멤버들.

"아, 저기저기저기, 밋치~."

"아직도 마음이 안 풀린 거야~?"

"…………."

여전히 남 일이라는 듯한 행동거지와, 미치루를 상대로 한 저자세가 인상적인 밴드 멤버들.

……즉, 나를 도와주는 세력은 이곳에 없는 것이다.

"그건 그렇고, 태어나서 처음으로 라이브를 해본 느낌이 어때?"

"……."

어쩔 수 없이 직접 활로를 개척하기로 한 나는 미치루에게 말을 걸었다.

그녀는 아직 라이브의 여운에 잠겨 있는지 눈동자가 희미하게 젖어 있었고, 볼은 홍조를 띠고 있으며, 이마에는 구슬 같은 땀방울이 맺혀 있었다.

참고로 말하자면, 나와 밀착하고 있는 그녀의 몸 또한 매우 뜨거웠고 땀에 젖어 있었다. 그녀가 무대 위에서 어느 정도의 에너지를 소모했는지 알 수 있을 정도였다.

"실은 감동했지?"

"…………."

"하지만 부끄러워서 기뻐하지 못하는 거지? 무대에 오르기 전까지만 해도 그렇게 거부해댔으니까 말이야."

"…………으."

평소보다 말수가 적은 미치루는 그저 나를 노려보고만 있었다.

너, 그러면 란코와 캐릭터가 겹친다고.

"……."

"……."

결국 질문을 멈춘 나는 미치루의 눈동자를 지그시 올려다보면서 그녀가 입을 열기를 기다렸다.

잠시 후, 지구전(持久戰)에서 밀리기 시작한 미치루의 눈동자가 더욱 촉촉하게 젖어 들었고, 그녀의 볼은 더욱 홍조를 띠어갔다.

그리고 결국 인내력이 다 떨어졌는지─.

"…………뜨, 뜨거웠어."

─솔직한 감상을 말했다.

"그래, 그거 다행이네."

"조명이 말이야!"

"응, 그럴 거야."

정말 뜨거웠을 거야.

그 증거가 바로…… 이 땀이다.

그녀의 이마에서는 땀이 쉴 새 없이 흘러내리고 있었다.

"그렇게 호응해줄 줄은 몰랐어……. 문화제 때와 똑같았어. 아니, 그때보다 더 엄청났어."

"당연하지. 라이브를 보러 올 정도의 팬이면 장르를 떠나 엄청나고, 코어하며, 징글맞다고."

"징글맞다니…… 토모, 너무해. 내 팬들에게 무슨 소리를 하는 거야."

"칭찬이니까 안심해."

"후훗."

미치루의 입에서 웃음소리가 흘러나오자, 주위에 있는 이들 사이에서 안도의 분위기가 흘렀다.

……하지만 다들 이 녀석이 지금 짓고 있는 표정이 안 보이니까 안도하는 걸 거야.

나는 미치루가 흘리고 있는 땀 "같은 것"이 눈에 들어와서 아플 지경이라고.

"일단 이걸로 네 꿈은 이뤄졌네."

"상상했던 것과는 전혀 다르지만 말이야!"

역시 나한테 속은 것 때문에 아직도 화가 나 있는지 미치루는 연신 투덜댔다.

하지만 『이뤄졌다』는 사실 자체에 대해서는 한 마디도 부정하지 않았다.

그래서…….

"그러니까 이번에는…… 네가 내 꿈을 이뤄달라고."

내가 그런 뻔뻔한 소리를 하자, 미치루는 나를 더욱 노려보았다.

"담당해줄 거지? 우리가 만드는 게임의 음악 말이야."

"그런 약속은 한 적 없거든?"

"하지만 너는 거절하지 못해. 오늘 오타쿠들의 환성을 들었으니까 말이야."

"……."

귓속에 남아 있는 환성을 떠올린 걸까, 미치루는 살며시 눈을 감았다.

그래서 나는 미치루의 어둠으로 뒤덮인 시야에 이미지를 삽입했다.

"미리 말해두겠는데…… 진짜 배경 음악은 더 엄청나다고."

예를 들자면, 히로인과 주인공의 작별 신.

미소를 지으며 손을 흔드는 히로인, 결의를 가슴에 품은 채 뒤돌아보지 않고 어딘가를 향해 뛰어가는 주인공.

"게임의 감동적인 신에서 그런 음악이 흐른다면 정말 끝내준다고."

해질녘의 언덕길.

주인공의 길게 늘어진 그림자까지도 히로인의 곁을 떠나간다.

"그 곡을 들으면 그 신이 생각나서 눈물이 왈칵 날걸? 전철 안에서도, 길을 걷다가도, 교실에서도, 물론 라이브 회장(會場)에서도!"

히로인이 손을 흔드는 속도가 점점 느려지더니, 이윽고 손을 내리고 만다.

그런 그녀의 미소가 서서히, 서서히, 무너지더니, 이윽고 어금니를 깨물고……

"너는 이제부터 그런 곡을 만드는 거야. 수많은 오타쿠를 울리는 거라고!"

그 순간 흘러나오는 혼신의 삽입곡……

"그건 말이야 대사와, 영상과, 음악이 콜라보레이션 되어야만 일어날 수 있는…… 기적이라고."

라이브 회장에서 그 곡을 듣는다면, 나는 고개도 들 수 없을 만큼 엉엉 울어댈 자신이 있다고.

"……바보 아냐? 허풍 치지 말린 말이야."

미치루의 목소리에는 약간의 허세가 섞여 있었다.

"진짜 허풍이라고 생각하는 거야?"

"뭐, 지금이라면 쬐끔은 믿을 수 있을 것 같아……. 조금 전의 객석 반응을 봤으니까 말이야."

하지만 그런 허세는 말 한마디만으로 간단하게 무너졌다.

"계약이 성립된 거네……."

나는 미치루의 얼굴을 향해 손을 내밀었다.

그리고 검지를 그녀의 눈가에 댔다.

이것으로 드디어 『blessing software』가 완성된 것이다…….

"에리리, 우타하 선배, 그리고 카토……."

"지금 나한테 말 걸지 마."

한 명은 안정적으로 기분이 언짢아 보였다.

"이제 와서 옛날 여자에게 무슨 볼일이야? 윤리 군."

한 명은 다크하게 기분이 언짢아 보였다.

"응~? 왜?"

그리고 다른 한 사람은…… 우와, 이 녀석. 이 상황에서 스마트폰을 만지작거리고 있었잖아.

대체 얼마나 이 상황에 흥미가 없는 거야?

"요즘 개점휴업 상태였던 우리 서클의 다음 활동일은…… 모레, 즉 월요일이야."

뭐, 됐다.

이래야 우리 서클답다고도 할 수 있으니까 말이다.

"저기, 그러니까…… 미안하지만 오늘은 좀 잘게."

"……토모?"

최후의 힘을 쥐어짜내 다음 주 이후의 연락 사항만 전한 후—.

—나는 안심하며 눈을 감았다.

실은 근 일주일 동안, 라이브 준비를 하느라 거의 잠을 못 잤다고…….

"여자애 밑에 깔린 채 잠들어 버리다니…… 앗키도 참~."

"저 상태면 말이야~. 무슨 짓을 당해도 불평 못 하겠지~?"

"…………해버려, 밋치."

……저기, 아직 의식을 잃지는 않았다고.

※　※　※

"기다리게 해서 미안……. 어, 사와무라 양. 카스미가오카 선배는 어디 갔어?"

"글쎄? 어느새 사라졌어."

"어느새 사라졌다니…… 정말 단체 행동과는 거리가 먼 사람이라니깐."

"애도 아니니까 딱히 문제 될 건 없잖아. 그것보다 토모야는 깨어났어?"

"아니, 도통 눈을 안 떠서 효도 양이 택시로 집까지 옮긴대."

"……정말 집으로 향한 거야? 그 여자애가 택시 기사에게 행선지 말하는 걸 들었어?"

"그렇게 신경 쓰이면 같이 타고 갔으면 됐잖아. 집도 가까우니까 말이야."

"그런 여자와 한 차 타고 가기 싫어. 대화가 이어지지 않을 게 뻔하잖아."

"아, 아하하……."

"그럼 우리도 돌아갈까?"

"응……. 그건 그렇고, 라이브는 꽤 괜찮았지?"

"아니, 별로였어."

"나도 들은 적 있는 노래도 있었어. 그리고 효도 양은 노래를 정말 잘하더라구."

"나는 별로였다고 방금 말했잖아."

"특히 마지막 곡이 좋았어~. 그건 얼마 전에 했던 애니메이션의 노래 맞지?"

"『그 눈의 프리즘』……."

"아~. 그거야, 그거. 명작이라면서~? 내 주위에도 그거 보고 운 애가 있을 정도야."

"그건 비겁…… 으으."

"효도 양의 음악, 정말 기대돼. ……그녀라면 분명 좋은 곡을 만들겠지?"

"흥. 곡 같은 거 없어도 그림과 시나리오만으로도 얼마든지 울릴 수 있어."

"······."

"왜 그래? 내가 뭔가 이상한 소리라도 했어?"

"아니, 기쁜 일이 있었을 뿐이야. 그것도 두 개나 말이야."

"그게 뭔데?"

"하나는 사와무라 양이 카스미가오카 선배를 인정하고 있다는 걸 안 거야."

"원래부터 재능만은 인정했어. 마음가짐이 썩어빠진 음란 걸레라는 게 마음에 안 드는 것뿐이야."

"다른 하나는······ 진심으로 게임 제작에 임해주고 있는 거지?"

"그건 내가 할 말이야. 아마추어 여자애가 스크립트를 하 겠다고 나서다니, 토모야^{그 바보}에게 너무 물든 거 아냐?"

"겨울 코믹마켓이 정말 기다려져. 대체 어떤 게임으로 완성될까?"

"······."

"사와무라 양?"

"당신 말이야······."

"왜?"

"······아무것도 아냐."

"응?"

"됐어! 이제 갈래!"

"어라~? 왜 갑자기 화 내는 거야? 나, 아무 잘못도 하지 않았잖아?"

"화 안 났어! 서두르는 것뿐이야! 좀 있으면 신호가 바뀐 단 말이야!"

"사람들로 북적이는 곳을 나왔더니 갑자기 기운이 팔팔 해졌네."

"자, 빨리 건너자. ……으음, 메구미!"

"어……."

"거 봐! 네가 멈춰 서 있는 사이에 신호가 바뀌어버렸잖 아."

"……하, 하지만, 방금……."

"아, 그게 말이야……. 딱히 말실수한 건 아니야."

"그건, 그러니까……."

"그, 그게…… 내가 동급생에게 『양』이라는 호칭을 쓰는 건 위장 상류층 아가씨 캐릭터이기 때문이야."

"아, 응."

"하지만 진짜 나는 상류층 아가씨 같은 게 아니라, 평범 한 오타쿠야."

"그건 아키 군과 이야기를 나눌 때의 사와무라 양을 말 하는 거지?"

"그러니, 이제 당신…… 너한테는 그런 평범한 오타쿠라 도 괜찮지 않을까 싶어서 말이야."

"사와무라 양……."

"그러니까, 메구미……라고, 불러도 되지?"

"……."

"아, 혹시, 안 되는 거야? 거짓말, 남한테 이런 소리까지 하게 해놓고……."

"나중에 지옥을……이라."

"응?"

"아니, 아무것도 아냐……. 으음, 나도 에리리라고 불러도 되지?"

"……응. 고마워, 메구미."

"그래. 이런 걸 츤데레라고 하는 거지? 에리리."

"그러니까! 너는 그 바보에게 너무 물들었다구!"

에필로그 1

"으, 으응……?"

눈앞에 펼쳐진 시꺼먼 공간에, 드디어 한줄기 빛이 드리워졌다.

환성을 지르며 그 빛을 향해 달려간 나는…… 다음 순간, 또 어둠 속에 내던져졌다.

"어라……?"

흐릿한 느낌의 짙은 감색이 눈앞에서 깜빡였다.

하지만 방금까지와는 달리, 색깔을 띤 그 광경을 본 나는 이곳이 꿈속이 아니라 현실이며, 자신 또한 정신을 차렸다는 사실을 인식했다.

……막 잠에서 깨어난 탓에 머릿속이 멍해서 이런 영문 모를 생각을 하고 있기는 하지만, 결론부터 말하자면 방금 깨어났다.

여기는 어디지?

그러고 보니 나는 조금 전까지 대기실에서, 라이브를 끝 낸 미치루 밑에 깔린 상태에서 의식을 잃었―.

"안녕~."

"……어라?"

눈이 어둠에 익숙해지자, 조금 전까지 내가 쳐다보고 있 었던 얼굴이 눈에 들어왔다.

게다가 조금 전까지와 마찬가지로 내 바로 위에 있었다.

뭐야. 아직 라이브 하우스에 있는 건가.

"미치루…… 지금 몇 시야?"

"곧 날짜가 바뀔걸?"

"하아아아암~. 그렇구나. 꽤 많이 잤…… 어?"

아니, 꽤 많이 잔 정도가 아니다.

라이브는 여섯 시에 시작되었고, 『icy tail』의 무대는 여섯 시 반에 끝났다.

아무리 그래도 대기실을 너무 오래 점유…… 어, 어라?

"여기, 우리 집이야?"

"이제야 눈치챘구나……."

등을 통해서는 차가운 바닥이 아니라, 내 침대의 익숙한 감촉이 느껴졌다.

창문을 통해 스며들어오는 옅은 달빛이 어둑어둑한 방 안을 비추고 있었다.

그 흐릿한 빛을 통해 모습을 보이고 있는 것은 텔레비전과 PC, 그리고 사랑하는 피규어들.

그런 익숙한 광경이 눈에 들어오는 것과 동시에, 눈앞에 있는 미치루의 모습과 감촉이 조금 전까지와는 다르다는 사실을 깨달았다.

"너, 또 그런 옷차림을……."

"이야~ 역시 편하네~. 이 집도, 이 옷차림도 말이야."

"나는 하나도 안 편하다고……."

그녀는 평소처럼 얇은 탱크톱을 실내복 삼아 입고 있었다.

내 눈으로부터 십여 센티미터 상공에서 뭔가가 흔들리고 있는 것이 확연하게 보였다.

"그러고보니 너는 집으로 돌아갔었잖아. 그런데 왜 돌아온 거야?"

"느닷없이 의식을 잃은 너를 데리고 이 집까지 온 은인에게 그런 소리 해도 되는 거야~?"

"으……."

그렇구나. 대기실에서 의식을 잃었던 건 역시 현실이었구나.

하지만 그건 미치루의 라이브를 성공시키기 위해 밤낮 가리지 않고 뛰어다닌 결과니까 쌤쌤이라고 말하고 싶었다. 하지만 그렇게 치면 방금 불평을 늘어놓은 내가 잘못했다는 결론이 될 것 같았기에 더는 추궁하지 않기로 했다.

"그건 그렇고, 슬슬 비켜."

"그건 내가 할 말이야……. 슬슬 다리가 저려서 바로 일어설 수가 없어."

"응?"

그러고 보니…….

그러고 보니 이곳은 대기실이 아니고, 미치루는 옷을 갈아입었다.

그렇다면 기억을 잃기 전, 미치루가 내 위에 올라탄 시추에이션이 그대로 유지되고 있지 않을 가능성 또한 존재―.

"우, 우와아아아앗! 너 지금 뭐 하는 거야?!"

좀 이상하다고 생각하기는 했었다.

내 몸에서 미치루의 무게가 느껴지지 않는 점.

미치루의 얼굴이 상하 거꾸로 보이는 점.

……즉, 나는 지금 미치루의 무릎을 베고 자고 있었던 것이다.

"아~ 무거웠어~."

"너, 너…… 너, 인마."

내가 허둥지둥 몸을 일으키자, 미치루는 기가 죽지도, 부끄러워하지도 않고 평소처럼 구김 없이…… 보이기는 하는, 미묘하게 장난기 섞인 표정을 지었다.

그리고 그녀의 장난에 완전히 걸려든 나는…….

"인마, 양반다리로 무릎베개는 좀 너무하잖아!"

"이야~. 정좌나 두발 모으고 옆으로 앉기 같은 건 나한테 무리라구~."

그다지 부드럽지 않았습니다요 같은 소리나 하며 그녀의 종아리 감촉에 불평을 늘어놓을 수밖에 없었다.

"아무튼! 너도 다음 주부터 서클 미팅에 참가해!"

"알았어~. 토모는 정말 끈덕지다니깐."

끈덕진 게 아니라 그저 억지로 화제를 전환했을 뿐이지만, 그래도 나는 지금 나 자신에게 있어 가장 중요한 성과를 방금 한 말과 함께 가슴에 새겼다.

"……제대로 집에서 다니고, 가능한 한 우리 집에 묵지마. 알았지?"

"시간은 괜찮지만, 교통비가 좀~."

"……그건 출세한 후에 갚겠습니다요."

『blessing software』의 신 멤버 탄생과, 신작 게임의 주제가 담당 결정이라는, 거대한 성과를 말이다.

"하지만 조금 마음에 안 들어."

"뭐가?"

"이걸로 전부 토모의 뜻대로 된 거잖아."

"그렇지 않아. 적어도 너희 밴드의 매니저가 될 줄은 몰랐다고."

그렇다. 내가 얻은 성과는 정말 컸다.

……너무 커서, 내 손에 다 들어가지 않는 것은 아닐까 걱

정이 될 정도로 말이다.

나는 앞으로도 『icy tail』의 매니저를 계속해야 한다.

적어도 연 4회의 라이브 확보, 적극적인 이벤트 참가, 그에 따른 프로모션, 그리고 『blessing software』와의 긴밀한 콜라보레이션.

앞으로도 밴드와 서클이 서로를 향상시키는 관계를 유지해나가기로 밴드 멤버들과 약속했다.

"그것도 포함해 토모의 뜻대로 된 거라고 말한 거야."

"그, 그게 무슨 소리야?"

설마 이 녀석, 그런 표면적인 계약 뒤편에 숨겨져 있던 비밀 교섭의 내용을 눈치챈 것인가?

서클 멤버와 미치루 몰래 정기적으로 그녀들과 만나 오타쿠 아이템 품평회와 교환회를 가지기로 극비리에 각서를 교환했는데……

"이걸로 너희 서클의 밸런스는 맞춰졌어."

"뭐……?"

"누구나 다 누군가를 위해 무리해가면서 최선을 다하는, 진정한 팀이 된 거야."

하지만 미치루가 지적한 것은……

"전원을 행복하게 해주려 하는, 네 무모한 짓 때문에 말이야."

『너희 서클은 비정상적이라구. 다른 애들이 무리해서 토모에게 맞춰주고 있잖아.』

그것은 10일동안 치뤄진 우리 전쟁의 시작을 알렸던, 미치루의 한마디다.

우리 서클에서 실질적으로 활동하고 있는 이는 에리리와 우타하 선배 두 사람뿐이다.

두 사람에게 업힌 나는 도움이 되기는커녕 그녀들의 짐이 되고 있을 뿐이다.

그것은 올바른 서클이라 할 수 없다.

아마, 성립 자체부터 잘못되었으리라…….

"뭐, 너무 무식한 방법이라 웃기지만 말이야……. 지금 있는 멤버들로도 모자라서 네 명이나 더 떠맡았잖아?"

서클을 위해, 미술부와 이벤트 참가를 제쳐놓고 그림을 그리고 있는 에리리.

서클을 위해, 대학 수험과 자신의 신작을 제쳐놓고 스토리를 자아내고 있는 우타하 선배.

그리고 서클을 위해…… 이번에는 작곡가와 밴드를 떠맡으면서까지 무리해서 앞으로 나아가고 있는 나.

이걸로 나는 조금은, 그녀들과 어깨를 나란히 하게 된 것일까?

천재 두 명이 헛고생 했다는 말을 듣지 않게 된 것일

까……?

아, 한 명 깜빡했다.

서클을 위해, 히로인으로서 존재해주고 있는 카토.

……아, 이번에 그렇게 의지해놓고 이런 소리 하는 건 너무 심한가? 뭐, 그래도 카토니까 괜찮겠지.

"하지만 이걸로『물러서도 지옥, 나아가도 지옥』이 되어버렸네, 토모."

"처음부터 물러설 생각은 눈곱만큼도 없었다고!"

미치루의 야유 섞인 말이 내 심장에 정통으로 꽂혔다.

"하지만 이건 결국 단순한 연명 조치에 지나지 않는다구."

"나도 아니까 그만해, 밋짱!"

이 녀석, 공부는 못하면서 이런 쪽으로는 머리가 잘 돌아간다니깐.

그래. 나도 알아.

이런 드림팀이 영원히 유지될 리 없다.

게임 하나를 완성하는 것조차도 기적일지도 모른다.

그러니, 그 기적 같은 게임을 완성한 후에는…….

"……뒷일은, 봄이 되면 생각하겠어."

겨울에 게임을 완성하고, 한동안 꿈처럼 즐거운 시간이 흐른 후.

아, 어디까지나 스케줄이 순조롭게 진행된다는 가정 하에서의 이야기거든?

그리고 봄이 되면, 전환점이 찾아올 것이다.

유일한 상급생…… 카스미가오카 우타하 선배의 졸업이라는, 작으면서도 커다란 전환점이 말이다.

"그래, 봄이구나."

"응, 봄이야."

그러니 그때까지는…… 잠시 동안은 꿈을 꾸고 싶다.

게임 제작과 이벤트 참가 때문에…… 잠잘 짬도 없다는, 꿈을 말이다.

"그래. 나도 봄이 되면……."

"응?"

"……슬슬 돌아갈게."

"어? 너, 설마 반년 동안 우리 집에 얹혀살 생각이냐?!"

"아니, 봄에 돌아간다는 게 아니라, 지금 바로 돌아가겠다는 거야."

"아, 그, 그 말이구나."

뭐야. 어느새 좀 전까지 하던 이야기가 끝난 거였구나.

너무 자연스럽게 대화가 계속되었기 때문에 끝난 줄도 몰랐다.

……그런데, 그럼 방금 말한 "나도 봄이 되면."은 대체 무슨 뜻이지?

"그럼 잘 있어, 토모."

"어? 전철 끊긴 것 아냐?"

조금 전에 미치루가 말했던 것처럼 시계는 0시를 가리키려 하고 있었다.

"서두르면 막차를 탈 수 있을 거야. 뭐, 놓치면 인터넷 카페에라도 가지 뭐."

"미치루?"

나는 미치루의 태도에서 묘한 위화감을 느꼈다.

그리고 보니, 지금까지『집에 돌아가』라는 말은 항상 내가 했었으며, 미치루의 어휘에는 포함되어 있지 않았다.

그런데 그녀는 이렇게 늦은 시간에, 그것도 집에 돌아갈 수단이 없을 수도 있는데 집에 돌아가겠다고 말했다.

"그럼 다음에 봐……."

문 앞에 서서 손을 흔들며 나를 향해 미소 짓는 미치루의 표정에는…….

역시 지금까지의 그녀와는 다른 무언가가 섞여 있는 것 같았다.

"오늘 하루 정도는 그냥 자고 가면 되잖아."

"그럴 수는…… 없어."

"그럼 너, 그 옷차림으로 돌아갈 생각이야?"

그래서 그런지, 내 입에서 나오는 말 또한 지금까지와는 느낌이 달랐다.

"손님방에 전에 토모가 사준 옷이 있으니까, 그걸로 갈아 입고 갈게."

"그럼 번거롭잖아. 게다가 옷 갈아입느라고 시간을 허비 했다간 진짜로 막차를 놓칠지도 몰라."

"부탁이야, 토모…… 나를 잡지 마."

"미치루?"

미치루의 미소가 매우 미묘해졌다.

"미안하지만, 이제 그럴 수는 없어."

"이유가 뭔데……?"

그리고 말투도, 그리고 목소리도.

"너의 그런 행동을, 지난주까지와는 다르게 해석하게 됐 단 말이야."

그리고 말에 담긴 의미도 말이다.

"이 방에서, 나는 별생각 없이 기타를 치고, 토모는 별생 각 없이 게임을 만들면서…… 그냥 평범한 합숙을 하듯 지 낼 수는 없게 되었단 말이야."

……이게 대체 어떻게 된 거지?

마치 예전보다, 미치루의 정조 관념…… 아니, 나와의 거 리감이, 꽤나 상식적인 수준으로 변한 것 같은데 말이야.

하지만 왠지, 예전보다 멀어진 것처럼 느껴지진 않았다.

아니, 오히려…….

"그러니까, 나는 이만 갈게."

그런 "변해버린 미치루"가 방에서 나가려 했다.

서로를 이해한 줄 알았던 우리는, 다시 서로를 이해하지 못하게 되었다.

그래서 나는…….

"역시 자고 가."

"토모…… 하지만."

그래서 나는, 이 흐름을 끊기 위해 미치루의 손을 잡았다.

어쩌면, 내가 이 녀석을 만진 것은 이번이 처음일지도 모른다.

"나도 말이야……. 지난주까지의 내가 아니야."

"뭐……."

그녀의 몸뿐만 아니라, 마음도 말이다.

"아무 목적도 없이 너를 잡는 게 아냐. 아니라고."

"그 말은……."

"돌아가지 마, 미치루."

나는 미치루가 연 문을, 닫았다.

우리의 기나긴 밤을, 시작하기 위해서.

※　※　※

"…………."

"……으, 크, 으응."

"……하아."

"우와, 엄청나."

"저, 저기……."

"잠시만 입 좀 다물고 있어."

"아, 아니, 그게, 말이야."

"왜 그래?"

"이, 이제 좀 자게 해줘, 토모~."

"무슨 소리 하는 거야! 여기서부터가 끝내준단 말이야!"

조명을 약간 어둡게 한 방 안에 흐르고 있는 것은 귀에 익은 반가운 음성.

그리고 커다란 화면에서 펼쳐지고 있는 격렬한 전투 신.

"알아! 확실히 재미있다구! 하지만 지금은 새벽 네 시란 말이야!"

"그게 뭐 어쨌다는 거야! 내일은 일요일이잖아!"

"대체 언제까지 나를 붙잡고 있을 건데?!"

"자! 여기서부터 뜨거워진다고! 이제 눈물 없이는 볼 수 없단 말이야!"

"울고 있는 건 내가 아니라 토모야! 벌써 휴지 한 상자를 다 썼잖아!"

"하지만, 너무 기뻐서…… 미치루가 『지라이어즈』의 팬이었다니!"

"곡을 좋아할 뿐이야! 애니메이션은 본 적 없다구!"

"부러워! 이 명작을 신선한 기분으로 체험할 수 있다니! 나도 기억을 지운 후 처음부터 다시 보고 싶어!"

"지금 처음부터 다시 보고 있잖아! 나까지 끌어들여서!"

그렇다. 지금 내 방에서는 왕년의 명작 대 히트 애니메이션『지라이어즈』의 전편 감상회가 벌어지고 있었다.

첫 편이 내가 태어나기도 전에 방영되었을 만큼 옛날 애니메이션이지만 지금 다시 봐도 전혀 손색이 없으며, 그 왕도적 재미는 우리를 순식간에 몰입시켰다.

"그런데 토모. 이거 대체 언제 끝나는 거야?"

……몰입시키고 있는 거 맞지?

"으음, 총 5기까지 있으니까 앞으로 100화 정도 남았을 걸? 아, 극장판도 몇 편 있어."

"대체 며칠 동안 봐야 하는 거야?!"

"걱정하지 마! 2기인『지라이어즈 NEXTON』까지만 볼 거니까! 내일 전철 끊기기 전까지는 다 볼 수 있어!"

"이제 그만 보내줘어어어어~!"

"안 돼! 못 보내! 미치루! 오늘 밤은 나와 같이 있어줘!"

"으…… 그런 대사는 다른 목적이 있을 때나 해!"

"으음~ 무슨 소리인지 모르겠는데~?"

"시치미 떼지 마! 이 황혼보다 어두운 얼간이!"

"시끄러워! 너, 애니메이션을 밤새도록 같이 봐주는 친구가 얼마나 소중한 건지 알기나 해?!"

"역시 오타쿠 따위 싫어~!"

『수고했어, 시~ 양! 1권, 정말 좋았어~!』

"마치다 씨, 무지막지하게 늦어져서 정말 미안해."

『괜찮아 괜찮아~! 이번에 마감 오버한 대신 1·2권 2개월 연속 발매하기로 편집장을 설득해뒀거든~!』

"……농담이지? 진심 아니지?"

『…………다음에 또 이런 짓을 하면 다음 기회는 없다 같은 소리를 할 정도로는 진심일걸?』

"……………두 번 다시 안 할 테니까 용서해줘."

『뭐~ 그래도 실은 그렇게 걱정하고 있지는 않아. TAKI 군 쪽 시나리오는 완성했다고 했잖아?』

"뭐, 일단은 말이야."

『뭐, 시~ 양은 젊으니까 남자에게 얽매일 때도 있긴 할 거야. 하지만 이제 그쪽은 마무리 지었으니까, 앞으로는 일이 애인이라는 생각을 가져줘!』

"……딴죽 걸 데가 너무 많아서 뭐부터 걸면 좋을지 감이 안 오네."

『아무튼, 시나리오를 완성했으니까 한동안은 이쪽 일에 집중할 수 있지?』

"……."

『시~ 양?』

"그럴 생각이긴 한데, 아직, 조금, 뭐랄까…… 수정이랑, 미세 조정을 해야……."

『……저, 저기, 너, 설마…….』

"왜 그래?"

『혹시 "또" 그러려는 건 아니지?』

"……미세 조정이라고 방금 말했잖아?"

『정말이지? 진짜지?』

"아, 그것보다 마치다 씨. 2권에 나올 신 히로인 말인데."

『응? 아, 그래. 왜?』

"느닷없이 나타난 주인공의 사촌이 주인공 집에 쳐들어와서 동거 한다는 전개는 어떨까? 항상 섹시한 복장으로 집 안을 돌이디너서 주인공이 제대로 쳐다보지도 못하는 거야."

『그거 좋네! 카스미 우타코답지 않은 식상한 전개! 1권의 금발 트윈 테일에 이어 독자들이 완전 패닉에 빠질 거야!』

"……역시 양쪽 다 좀 식상하지?"

안녕하십니까. 마루토입니다.

『시원찮은 그녀를 위한 육성방법』도 4권에 접어들었습니다.

그러고 보니 제가 라이트노벨 작가로서 작품을 발표하기 시작한 후로 딱 1년이 흘렀습니다.

이렇게 1년 동안 같은 작품을 계속 쓸 수 있었던 것은, 진화인지 퇴화인지 알 수 없는 저 자신의 변화, 혹은 제자리걸음을 상냥하면서도 혹독한, 그리고 뜨뜻미지근한 눈길로 봐주시는 여러분 덕분입니다. 정말 감사합니다(문장으로는 이 감사의 마음이 전해지지 않을지도 모르지만, 그것은 제가 문학적 재능이 없기 때문이며, 진심으로 감사하고 있습니다. 진짜입니다요).

자, 그럼 이번 후기의 화제는 신 캐릭터인 미치루의 담당 분야인 게임 음악에 관해…… 디룰까 했지만 제 전문 분야가 아니기에 패스하겠습니다. 그럼 프라이빗……을 다룰까 했습니다만 일하고 일하고 또 일하기만 하는 생활을 재미있게 쓰는 건 제 능력으로는 무리이기에 패스하겠습니다. 그럼 언제부터인가 개인적 서한 용도로 쓰고 있는 각 장의 타이틀에 대한 이야기라든가…… 그런데 그건 왜 검열을 당하지 않는 걸까요. 담당자님, 항상 수고 많으십니다.

그런고로, 저랑 약간 관계없는 일 관련 이야기라도 할까 합니다.

저는 요즘 『여러 창작 현장을 접해보고 싶다』 같은 고등학생이 직장 체험 학습 때 품을 듯한 풋풋한 마음을 품게 됐습니다. 뭐, 그것의 일환으로 이렇게 라이트노벨을 쓰게 되었고, 그 뒤를 이어 이번에는 애니메이션 제작에도 참여하게 되었습니다.

애니메이션 제작 현장은 정말 분위기가 좋습니다. 그래서 놀라울 정도로 즐겁게 일 할 수 있었습니다(아, 혹시나 해서 말씀드립니다만 담당자님, 일러스트레이터님을 비롯해 이 작품의 제작에 참여하고 있는 분들의 열의와 현장 분위기 또한 엄청납니다. 그래서 저는 자신이 복 받았다고 생각하며 행복을 곱씹고 있습니다. 뭐, 그런 분위기 덕분에 저희들 모두의 일거리가 계속 늘어나고 있지만요).

아, 하려던 이야기를 계속하자면, 친분을 쌓은 애니메이션 스태프 여러분들에게서 이런저런 재미있는 이야기를 듣기도 합니다.

역시 어느 업계나 그런 분위기 좋은 현장만 있지는 않다는 것은 당연한 이야기겠죠. 그 외에도 애니메이션 업계에서 활약해온 백전연마의 관계자 분들에게서 들은 좀 그렇고 그런 체험담은 정말 자극적이고, 매력적이며, 환상적(말도 안 된다는 의미에서)이어서, 제 지식욕을 적절히 자극해줍니다.

……예. 그런고로 라이트노벨 업계에 갓 입성했을 때와 마찬가지로 나쁜 버릇이 되살아나는 바람에, 애니메이션 업계 쪽의 재미있는 소재를 열심히 수집하고 있습니다.

그러니 언젠가 이 작품 안에서도 카스미 우타코 작품의 애니메이션화 같은 전개로 이매망량 같은 업계 잔혹 스토리가 펼쳐질 가능성도…… 예를 들자면(글은 여기서 끊어졌다).

참, 카스미 우타코의 이름이 나와서 말인데, 다음 5권으로 드디어 모 미소녀 라이트노벨 작가 선생님의 간행수를 따라잡을 것 같습니다.

그것을 기념해, 5권에서는 또 다시 그녀에게 대활약을 부탁할 듯합니다.

……아니, 뭐, 이 작품에서 활약한다는 것이 불길한 미래^{패배 플래그}를 뜻한다는 것은 이 작품을 읽은 분들이라면 알고 계시겠지만…… 아직 단정 짓기에는 이릅니다.

모난 돌이 정 맞는다, 라는 속담에 따라 마지막까지 눈에 띄지 않는 카…… 아니, 히로인이 승리한다는 신기원의 작품으로 『시원찮은 그녀를 위한 육성방법』은 여겨지고 있습니다. 하지만 작중작(作中作)인 『사랑에 빠진 메트로놈』처럼 독자 여러분 사이에서 많은 인기를 얻고 있는 히로인이 마지막에 역전할 가능성도 충분히 있습니다.

그것도 그럴 것이, 저는 유저 분들에게 호평 받을 수만 있다면 뭐든 하는 라이터니까요.

그러니, 만약 이 작품에서 편애하는 히로인이 있으신 분은 앞으로도 큰 목소리로 그 히로인을 향한 사랑을 부르짖어 주십시오. 그래 주시면 저도 기쁠 것이며, 집필에도 참고하겠습니다. 잘 부탁드립니다.

하지만 저는 『사디스트 라이터』라는 정체불명의 칭호도 붙은 것 같으니…… 아, 아뇨. 딱히 깊은 의미는 없으니, 앞으로도 많은 응원 부탁드립니다.

그럼 앞으로도 본편을 잘 부탁드리며, 실은 이번에 전략적 우연이 겹쳐(그것은 우연이라 할 수 없다), 같은 시기에 본작의 코미컬라이즈 작품이 단행본화되게 되었습니다.

우선 에리리에게 중점을 맞춰 니트 씨가 영에이스에서 연재 중인 『시원찮은 그녀를 위한 육성방법 ~egoistic-lily~』 1권이 현재 발매 중입니다. 그리고 본편의 내용을 따르며 모리키 타케시 씨가 드래곤에이지에서 연재 중인 『시원찮은 그녀를 위한 육성방법』 1권이 8월 9일 발매될 예정입니다.

……코믹스판 발매일조차도 금발 트윈 테일^{에리리}에게 뒤지고 있

는 메인 히로인입니다만, 뭐, 아무튼 양쪽 다 원작보다 재미

카토

있으니(문제 발언), 여러분도 꼭 읽어봐 주셨으면 합니다.

그럼 마지막으로 감사 인사를 드릴까 합니다.

미사키 씨, 7장의 타이틀대로 이번에는(이번에도) 정말 죄송했습니다. 그건 그렇고 미치루의 디자인은 정말 무시무시하네요. 4권에서 이런 비주얼의 히로인이 나오는 건 작품의 파워 밸런스적 측면에서 볼 때 문제가 있다는 생각이 들지 않는 것은 아닙니다만, 뭐, 그때는 초심을 잊고 대충대충 해나가죠.

하기와라 씨. 최근 회의할 때마다 "아, 이 이야기도 본편에서 소재로 쓰는 건가요?" 같은 말씀을 하시면서도 여러모로 도움 되는 이야기를 해주셔서 감사합니다. 그래요. 담당 편집자만 본다면 그냥 가슴에 묻어두겠지만, 편집장님과 영업 쪽 분들이 본다면 도저히 감쌀 수 없겠죠? 저도 소셜 미디어 쪽에서의 발언은 주의하겠습니다.

저 스스로도 화전 농업 하듯 창작 활동을 계속해도 되는 건지 고민할 때도 있습니다만⋯⋯아, 죄송합니다. 거짓말했습니다. 고민한 적 없습니다. 지금 이 순간만 즐거우면 되거든요(찰나주의). 그럼 5권에서 다시 뵙겠습니다.

2013년, 초여름 **마루토 후미아키**

4권 발매 축하드립니다!

영에이스에서
시원찮은 그녀를 위한 육성방법 ~egoistic-lily~를 연재 중인 니토라고 합니다.
잘 부탁드립니다.

니토

■역자 후기

안녕하십니까. 근로청년 번역가 이승원입니다.
『시원찮은 그녀를 위한 육성방법』 4권을 구매해주셔서 진심으로 감사드립니다.

『시원찮은 그녀』 역자의 멋대로 미소녀 게임 토크 제4탄!
 이번에는 게임에서 벗어나 고전 애니메이션에 관해 이야기를 해볼까 합니다.
 한때, 국내 공중파에서 일본 애니메이션을 방송해줄 때가 있었습니다. 세○러문, 사이○포뮬러, 캡틴테○러, 천사소녀○티 등등, 정말 재미있는 작품들을 저녁 때 공중파를 틀면 볼 수 있었습니다.
 그리고 그중 한 작품이자 제 기억에서 사라지지 않는 작품이 있습니다. 이번 4권에서 『지라이어즈』라는 이름으로 소개된 바로 그 녀석, 『슬레○어즈』 시리즈입니다!
 『슬레○어즈』의 원작은 판타지 라이트노벨입니다. 그리고 엄청난 히트를 친 이 작품은 이윽고 애니메이션화가 되었고, 그 애니메이션 또한 상상을 초월한 히트를 거뒀죠.

결국 TV애니메이션과 OVA, 극장판을 포함해 엄청난 양의 애니메이션이 만들어졌습니다.

저 또한 이 작품에 빠져 정말 헤어 나오지 못했죠. 국내 방영판을 전부 녹화해서 수도 없이 봤을 뿐만 아니라, 국내에서 방영되지 않은 OVA와 극장판이 있다는 것을 알고는 그 작품들을 사 보기 위해 아르바이트를 늘렸습니다. 그리고 그 비디오와 CD들을 친구들에게 마구 빌려주면서(토모야처럼 포교용을 따로 준비해서 뿌려대는 것이 정석이지만, 당시 제 주머니 사정이 최악이었던지라ㅜㅜ) 포교도 해댔죠. 그때 그러면서 사귄 친구들과는 지금도 가깝게 지내고 있습니다, AHAHA.

그러고 보니 저 작품에 나오는 주문도 외우고 다녔죠. 특히 용 잡는 데 특화(?)된 마법은 아직도 얼추 외우고 있습니다. 그리고 그 주문 중 하나가 제 메일을 비롯한 아이디로 아직도 쓰이고 있습니다. 정말 제가 이 작품을 미친 듯이 좋아하긴 했던 것 같네요.^^

『오 나의 O신님』과 함께 저를 이쪽 세계로 끌어들인 작품인 『슬레O어즈』!

아마 저는 평생 이 작품을 잊지 못할 겁니다.

독자 여러분에게도 분명 이런 작품이 있겠죠? 언젠가 기회가 된다면 독자 여러분에게 있어 이쪽 세계 입문(?)의 계

기가 된 작품이 어떤 것이지 들어보고 싶습니다.^^

　그럼 이만 줄이겠습니다.

　이 작품을 저에게 맡겨주신 삐야 님과 L노벨 편집부 여러분. 이번 4권에서는 정말 폐를 많이 끼쳤습니다. 앞으로도 잘 부탁드립니다.

　오래간만에 고전 애니 이야기를 하다 과감하게 비디오 테이프 재생기를 꺼내서 고전 애니 상영회를 가진 지인들이여. 카우보ㅇ 비밥 마지막 장면의 BANG!을 보면서 감동의 눈물을 흘리는 너희가 내 지인이라는 게 나는 정말 기뻐.ㅠㅜ

　마지막으로 언제나 제게 버팀목이 되어주시는 어머니와 『시원찮은 그녀를 위한 육성방법』을 읽어주신 모든 분들에게 진심으로 감사드립니다.

　흑발 롱헤어 누님의 턴(?)이 다시 시작되는 5권 역자 후기에서 다시 뵙겠습니다!

2014년 12월 초
역자 이승원 올림

시원찮은 그녀를 위한 육성방법 4

1판 1쇄 발행 2015년 1월 10일
1판 6쇄 발행 2016년 12월 30일

지은이_ Fumiaki Maruto
일러스트_ Kurehito Misaki
옮긴이_ 이승원

발행인_ 신현호
편집부장_ 김은주
편집진행_ 최은진 · 김기준 · 김승신 · 원현선
편집디자인_ 양우연
국제업무_ 정아라
관리 · 영업_ 김민원 · 조인희

펴낸곳_ (주)디앤씨미디어
등록_ 2002년 4월 25일 제20-260호
주소_ 서울시 구로구 디지털로 26길 111 JnK디지털타워 503호
전화_ 02-333-2513(대표)
팩시밀리_ 02-333-2514
이메일_ lnovelpiya@naver.com
L노벨 공식 카페_ http://cafe.naver.com/lnovel11

원제 Saenai heroine no sodate-kata. Vol.4
© Fumiaki Maruto, Kurehito Misaki 2013
Edited by FUJIMISHOBO
First published in Japan in 2013 by KADOKAWA CORPORATION, Tokyo.
Korean translation rights arranged with KADOKAWA CORPORATION, Tokyo.

ISBN 978-89-267-9838-6 04830
ISBN 978-89-267-9771-6 (세트)

값 6,800원

© KINEKO SHIBAI ILLUSTRATION:Hisasi
KADOKAWA CORPORATION ASCII MEDIA WORKS

온라인 게임의 신부는 여자아이가 아니라고 생각한 거야? 1권

키네코 시바이 지음 | Hisasi 일러스트 | 이진주 옮김

온라인 게임의 여자 캐릭터에게 고백!
→ 아깝네요! 실제로는 남자였답니다☆

그런 흑역사를 감추고 있는 소년·히데키는 어느 날 게임 안에서
한 여자 캐릭터에게 고백을 받는다. 설마 그 흑역사가 다시금 반복되는 것인가?!
그렇게 생각했으나, 게임 안에서 내 「신부」가 된 아코 = 타마키 아코는
정말로 미소녀에, 현실과 가상세계를 구분하지 못한……다고……?!
"안녕, 루시안!"이라니, 하, 하지 마! 창피하니까 캐릭터명으로 부르지 마!
다른 사람들 앞에서도 게임 캐릭터명으로 부르며 게임 속 남편에게 착 달라붙는 아코.
히데키는 너무나도 유감스럽고 위험한 아코를 「갱생」하기 위해
길드의 동료들(※단, 다들 미소녀)과 함께 움직이는데—.

유감스러우면서도 즐거운 일상 ≒
온라인 게임 라이프가 시작된다!

라이트노벨의 새로운 빛! ㄴ노벨의 신간은 매월 10일에 발매됩니다. www.lnovel.co.kr

하츠네 미쿠의 소실 소설판

cosMo@폭주P, 아가 미무야 지음 | cosMo@폭주P 원작 | 유나기 일러스트 | 최승원 옮김

평범한 대학생 시노사토 아사노는
인공인간 「하츠네 미쿠」의 필드 테스트를 부탁받는다.
인간과 똑 닮은 「하츠네 미쿠」에게 당혹스러움을 느끼지만,
어느새 그녀와 마음을 트기 시작하는 아사노.
하지만 그녀에게는 커다란 비밀이 감춰져 있다는
사실을 알게 되는데—?

**원작 동영상 재생 수가 500만을 돌파한 화제작,
한국 정식 발매!!**

라이트노벨의 새로운 빛! L노벨의 신간은 매월 10일에 발매됩니다. www.lnovel.co.kr

성검사의 금주영창 1~6권

아와무라 아카미츠 지음 | refeia 일러스트 | 최승원 옮김

"오빠를 만날 것 같은 예감이 들었어!"
전생에서 사랑을 맹세했던 공주 검사로 친동생이었던 기억을 지닌 소녀 · 사츠키와
"내 입술……기억 못하지?!"
다른 전생에서 명부의 마녀이자 함께 싸웠던 소녀 · 시즈노.
윤회를 넘어 사랑하는 두 사람과 동시에 재회해버린 소년 · 모로하는
사츠키와 시즈노 사이에 끼어 굉장히 난처한 상황?!
그리고 전생의 기억을 힘으로 변환하는 전생자들의 학원에서 사상 처음으로
두 전생《검성 X 금주사》의 힘을 각성한 모로하는
그 누구보다도 특별한 운명을 걷기 시작했다!!

**영원한 유대로 맺어졌으며 가장 사랑하는 두 사람을 구하는
전생공명 학원 소드 & 소서리.**

2015년 1월 TV애니메이션 방영 예정!!

인생 1~7권

카와기시 오우교 지음 | 나나세 메루치 일러스트

쿠몬학원 제2신문부에 소속된 아카마츠 유우키는 부에 들어오자마자
부장인 니카이도 아야카에게 인생 상담 코너 담당을 떠맡게 된다.
학생들에게 받은 고민에 대답하는 것은 이과 여학생 엔도 리노,
문과 여학생 쿠죠 후미, 체육과인 스즈키 이쿠미 세 명.
3인 3색의 의견이 항상 일치단결되지 않아
일단 실천해보기로 하는데…….
친구, 연애, 공부, 성벽, 장래.
당신의 흔하디흔한 고민에 깔끔하게 대답!
초☆감성 · 인생 상담 개시!

「사신 오오누마」 시리즈로 많은 독자를 폭소의 파도로 몰아버린
경이로운 신인! 카와기시 오우교의 최신작!

2014년 7월 TV애니메이션 방영!

Copyright © 2013 Tsuyoshi Nanajoh
Illustrations copyright © 2013 Tsubame Nozomi
SB Creative Corp.

우리 집 더부살이가 세계를 장악하고 있다! 1~4권

나나죠 츠요시 지음 | 노조미 츠바메 일러스트 | 김진환 옮김

머나먼 독일에서 일본의 영세 공업사 · 이이야마 가문에 찾아온 소년,
카사토리 신야. 그 정체는 세계 유수의 대기업 오리온류트의 창업자로
손가락 하나로 군사위성까지 움직일 수 있는 하이스펙 남자 중학생이다.
사정이 있어 진짜 모습을 숨긴 채 신야는
이곳 이이야마 가문에서 더부살이하게 되었지만……
"우리 집에는 다 큰 여자애들이 살고 있다구! 갑자기 동거라니!"
그곳에는 취미도 성격도 제각각인 귀여운 세 자매도 함께 살고 있었다?!
사장님~ 지금까지의 경험이 아무 쓸모 없는 환경에서,
어떡하실 건가요?

**세계 제일의 무적 소년 사장과
재미있고 귀여운 세 자매가 보내드리는
《GA문고 대상 수상》의 앳 홈 러브코미디!**

라이트노벨의 새로운 빛! L노벨의 신간은 매월 10일에 발매됩니다. www.lnovel.co.kr